NOUVELLE BIBLIOTHÈQUE

morale et amusante.

SIMPLES

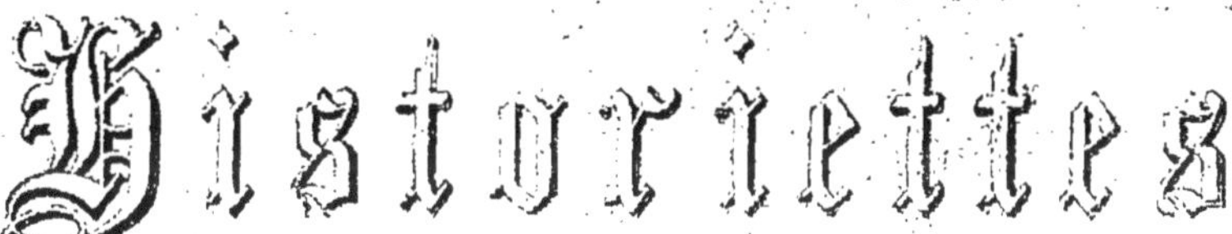

POUR L'ENFANCE

Par Mademoiselle V. Nottret.

MAITRESSE DE PENSION

PARIS

LIBRAIRIE DE P. LETHIELLEUX,

Rue Bonaparte, 66.

TOURNAI

LIBRAIRIE DE H. CASTERMAN,

Rue aux Rats, 11.

H CASTERMAN

ÉDITEUR

SIMPLES HISTORIETTES

POUR L'ENFANCE.

APPROBATION

DE L'ÉVÊCHÉ DE TOURNAI.

Imprimatur.

Tornaci, die 12 augusti 1859.

A.-P.-V. DESCAMPS, Vic.-Gen.

Bientôt la Mère de famille parut.

SIMPLES HISTORIETTES

POUR L'ENFANCE

PAR

Mlle V. NOTTRET

MAÎTRESSE DE PENSION.

PARIS
LIBRAIRIE DE P. LETHIELLEUX,
Rue Bonaparte, 66.

TOURNAI
LIBRAIRIE DE H. CASTERMAN,
Rue aux Rats, 11.

H. CASTERMAN,
ÉDITEUR.
1859

UN JOUR DE FOIRE.

UN JOUR DE FOIRE.

C'était vers la fin du mois d'avril, par une de ces belles journées qui annoncent le retour du printemps, et qui nous charment d'autant plus qu'elles forment un contraste frappant avec les sombres jours d'hiver qui les ont précédées.

Quatre enfants, sous la conduite de leur bonne, suivaient le chemin qui conduit du village de Rilly à la ville de Reims : l'un d'eux était un jeune garçon d'une dizaine d'années, au regard vif, aux cheveux bouclés, à la mine espiègle ; les trois autres étaient de jolies petites filles de huit à douze ans. L'aînée se nommait Julie, la seconde s'appelait Laure ; elles étaient les sœurs du petit Paul; Maria, la plus jeune, était leur cousine. Restée orpheline dès l'âge le plus tendre, elle partageait avec les trois autres enfants la tendresse et les caresses de leurs parents. Tous les quatre avaient une mise simple et soignée qui attestait l'attentive vigilance de leur mère, et les roses de la santé s'épanouissaient sur leurs frais visages.

A cet âge heureux où les sensations sont si vives, si rapides, tout est joie et bonheur; le chant d'un oiseau, la vue d'une fleur fraîchement éclose, celle d'un papillon aux ailes d'or et d'azur suffisent pour épanouir le visage, faire bondir le cœur. Aussi s'avançaient-ils bien gaiement, saluant par leurs joyeuses clameurs ce soleil radieux, qui éclairait alors la campagne de ses plus brillants rayons, et souriant à la pensée des curiosités qu'ils allaient voir, des jolies choses dont ils allaient faire emplette; car c'était alors l'époque de la foire, et ils avaient dans leurs petites bourses les épargnes de plusieurs mois, qu'ils avaient réservées pour cette grande occasion.

Tantôt, ils sautaient joyeusement, courant d'un bord du chemin à l'autre pour dérober une humble violette, une blanche marguerite au gazon naissant, ou poursuivre dans sa course rapide quelque léger insecte aux ailes diaphanes et brillantes. Tantôt se croisant, se poursuivant en tous sens, ils couraient en avant, reculaient en arrière, faisaient mille et mille détours qui doublaient leur chemin ; mais que leur importait à eux? connaît-on la fatigue dans les beaux jours de l'enfance?

Tout à coup cependant, ils interrompirent leurs jeux pour se rapprocher et marcher en causant.

— Ah çà! dit Paul, concertons-nous d'avance, qu'allons-nous faire de notre argent?

— Pour moi, reprit Julie d'un petit ton d'importance, je ne suis point embarrassée ; j'ai grande envie depuis longtemps d'un panier à ouvrage, garni de tout ce qu'il faut pour travailler.

— Et moi, dit gaiement Maria, je veux quelque chose qui amuse, qui fasse sauter, courir ; il me faudra une balle élastique ; n'ai-je pas eu la maladresse de loger la mienne sur le toit de notre vilaine voisine, la mère Gaillot, qui déteste les enfants, et se gardera bien de me la rendre?

Je voudrais aussi un de ces beaux ballons, que l'on tient par un fil, et qui semblent monter au ciel ; il y en a de toutes couleurs, des rouges, des bleus, des verts... que vous en semble?

— Oh! fit Paul, le vert l'emporte certainement.

— Fi du vert ! j'aime mieux le rouge ; il sera rouge !... et, en disant ces mots, elle bondit joyeusement en frappant ses deux mains.

— Est-elle singulière ! s'écria le petit garçon; pourquoi nous demander notre avis, puisque tu étais décidée d'avance? Quant à moi, je rêve un cerf-volant ; mais toi, Laure, tu ne dis rien.

— Moi, fit-elle avec négligence, mais je ne sais, je verrai..., je ne suis pas fixée encore.

La vérité est que Laure n'osait pas avouer l'emploi qu'elle voulait faire de son argent ; elle avait un grand défaut ; elle était gourmande, gourmande à l'excès, et elle se proposait de convertir ses petites pièces de monnaie en pain d'épice, en bonbons de toute espèce, qu'elle comptait bien manger seule. C'est pour cela qu'elle restait muette, et qu'elle ne mêlait pas sa voix à celle de son frère et de sa sœur.

Cependant une femme, portant d'un côté un

panier, et de l'autre une grande cruche de lait, vint à passer auprès d'eux ; sa mise était celle d'une paysanne, ses habits étaient grossiers, mais si propres qu'ils faisaient plaisir à voir. Elle marchait d'un pas alerte, qui indiquait qu'elle était pressée d'arriver au but de sa course. Elle échangea quelques mots avec Geneviève, la bonne des enfants, puis elle eut bientôt dépassé la troupe joyeuse.

Arrivée devant une des premières maisons du faubourg, qui était celle d'un riche notaire, elle s'arrêta et pénétra dans l'étude du maître de la maison auquel elle avait sans doute une communication à faire. Avant d'entrer, elle avait déposé sur un banc, près de la porte, son panier et sa cruche.

A peine avait-elle disparu, qu'une troupe de polissons arriva dans cette direction ; leur tenue sale, leurs vêtements en désordre, indiquaient assez l'emploi qu'ils faisaient de leur temps. L'un d'eux, au visage abruti, à la mine hardie, s'élança vers le banc, renversa la cruche de lait, et donna la liberté aux pigeons que renfermait le panier.

La route était déserte ; il ne lui avait fallu

qu'une seconde pour accomplir ce mauvais tour; il courut rejoindre ses compagnons, qui l'accueillirent par de bruyants éclats de rire, et tous s'enfuirent précipitamment.

Paul et ses sœurs avaient suivi de l'œil tous ses mouvements, et ils poussèrent en même temps une vive exclamation.

— Oh les vilains enfants ! s'écria Geneviève à son tour, pauvre femme, que va-t-elle dire ? Elle si courageuse ! si laborieuse ! c'est bien triste de perdre ainsi le fruit de son travail, par la faute de petits vauriens. Elle vient de me le dire elle-même, elle destinait le prix de son lait et de ses pigeons à acheter un bonnet et un livre pour sa petite fille, qui va faire sa première communion. C'est une mauvaise action qu'ils ont commise là ; mais ce petit Pierre Durand ne se plaît qu'à faire le mal ; voyez comme il se sauve à toutes jambes.

En effet, il avait presque disparu dans l'éloignement ; son aspect était des plus misérables ; il était vêtu de haillons, ses pieds étaient nus, et ses pantalons tombaient en lambeaux.

— Oh le vilain garçon ! fit Paul, je le déteste.

— Il ne faut pas le détester pour cela, reprit Geneviève, qui était une fille sensée, il faut le plaindre, au contraire. Il reste avec une grand'mère ivrogne qui ne s'occupe pas de lui, et qui l'abandonne à tous ses mauvais instincts. Il a sans doute une vengeance à exercer contre Marguerite Frémond ; elle l'aura surpris faisant quelque méchant tour. C'est une brave et laborieuse femme ; elle était assez à l'aise autrefois, mais son mari est malade depuis longtemps, et cette perte lui sera bien sensible ; on a de la peine au village à réunir quelques francs.

— Je suis sûre, reprit Julie, que sa petite fille viendra l'attendre sur la route, pour voir plus tôt ce qu'elle doit lui rapporter. Comme elles seront tristes toutes deux ; l'une de n'avoir rien à recevoir, et l'autre de n'avoir rien à donner.

Maria écoutait pensive ; son visage naïf exprimait un vif attendrissement.

— Il me vient une idée ! s'écria-t-elle ; nous allons dépenser notre argent à des bagatelles dont nous pouvons nous passer, et cette pauvre petite fille sera privée d'un livre et d'un bonnet pour sa première communion. Si nous donnions à nos pièces de monnaie une autre destination ?

— Oui, oui, s'écria Paul avec empressement,

bonne pensée ! petite Maria ; nous jouirons bien mieux ainsi qu'en achetant des jouets qui seraient si vite abîmés ; mettons notre argent dans un papier, puis plaçons-le dans le panier où étaient les pigeons. Hâtons-nous de le faire avant qu'elle ne sorte ; de cette manière, elle ne pourra nous refuser, et nous demanderons à ce vieillard, qui se chauffe là-bas aux rayons du soleil, de dire à Françoise que des enfants qui allaient à la ville la prient d'accepter ce petit dédommagement du tort que lui ont causé quelques mauvais sujets.

— Belle idée ! fit Laure avec humeur ; est-ce notre faute à nous si ces vilains petits garçons ont mal agi ? Est-ce une raison pour nous priver du plaisir que nous nous promettions ?

— Bon ! s'écrièrent les autres, tu t'opposes à ce que nous voulons faire, et justement tu étais la seule qui n'exprimât aucun désir ; libre à toi de garder ton argent, mais nous pouvons disposer du nôtre, n'est-ce pas Geneviève ?

— Je suis sûre, répondit-elle, que vos parents ne blâmeront pas cet emploi ; ils connaissent Marguerite ; ils savent que c'est une brave femme, une excellente mère de famille.

— C'est arrêté, s'écria Paul ; adieu, mon beau cerf-volant !

— Adieu, ma boîte à ouvrage et mon ballon rouge ! reprirent en chœur Julie et Maria.

Et les trois enfants, ne se réservant que quelque menue monnaie, tirèrent chacun trois francs de leur bourse.

Paul les enveloppa avec soin, courut prestement les déposer dans le panier de Marguerite ; puis, il s'approcha du vieillard, et lui exposa ce qu'on attendait de son obligeance.

Celui-ci attacha un regard attendri sur le gracieux enfant, et lui promit de bien remplir sa mission. Ensuite, ils continuèrent leur marche, plus joyeux encore qu'auparavant ; pourtant, ils n'avaient plus l'agréable perspective de devenir bientôt possesseurs des objets qu'ils désiraient ; mais Dieu leur avait donné un bon cœur, et ils sentaient déjà qu'il n'est point de jouissance comparable à la pensée du bien que l'on a fait.

Une seule faisait exception : c'était Laure ; elle était chagrine et maussade, et semblait s'irriter de la joie que manifestaient son frère et sa sœur. Pourtant, elle n'avait point l'ame méchante ; mais, comme nous l'avons vu, un honteux défaut ternissait ses bonnes qualités, et elle s'y abandonnait sans faire d'efforts pour le réprimer. Elle aurait bien voulu, elle aussi, joindre son offrande à celle de son frère et de sa sœur ; mais elle n'avait pu se faire à l'idée de renoncer aux nougats, aux pralines, aux sucreries de toute espèce qu'elle convoitait.

On arriva enfin sur le lieu de la foire, et les enfants passèrent entre deux haies de boutiques de toute espèce. Là, s'étalaient des objets d'orfévrerie, d'argenterie, disposés avec art, étincelant sous les feux du soleil ; là, c'étaient d'élégants paniers, de gracieuses corbeilles ornées de devises et délicatement tressées ; plus loin, un Chinois, porteur du costume de son pays, en offrait les productions.

Les enfants jetaient un regard curieux sur toutes ces choses nouvelles qui passaient devant eux, sur les vases de porcelaine, sur les coupes de cristal, sur ces microscopiques objets en verre filé, en nacre, en ivoire, véritables chefs-d'œuvre de patience et d'adresse, destinés à l'ornement des étagères ; mais ce n'étaient ni ces étalages, ni même ceux des marchands de jouets qui attiraient les yeux de Laure. Elle les fixait avec convoitise sur les larges tranches de pain d'épice, sur les gâteaux dorés et parfumés, sur les bâtons de sucre d'orge, enfin sur les mille friandises exposées à la vue des passants. Cependant, le son joyeux des trompettes, le bruit de la grosse caisse, rappelaient aux enfants que, plus loin, les attendait un autre genre de spectacle non moins attrayant pour eux. En effet, les saltimbanques appelaient à grands cris la foule, en paradant sur le devant de leurs baraques improvisées. Là, c'étaient des danseurs de corde, montrant à la foule émerveillée leur étonnante prestesse, leur surprenante agilité. Des jeunes filles, des enfants, dressés dès l'âge le plus tendre à ce triste métier, voltigeaient à une hauteur prodigieuse avec autant d'aisance que de grâce.

Plus loin, un nain hideux, empruntant à Tom-Pouce son nom célèbre, divertissait les spectateurs par ses grimaces grotesques, à côté d'un homme dont la haute taille, les membres athlétiques, faisaient ressortir les minces proportions du corps de son compagnon.

A quelques pas, on entendait les rugissements des animaux féroces, de la hyène, de la panthère, du lion, ce roi des forêts, enlevé aux déserts de l'Afrique pour servir de spectacle aux habitants de nos climats. Les enfants désirèrent visiter la ménagerie, et y employèrent une partie de la petite somme qui leur restait.

A leur sortie, ils se trouvèrent en face d'un petit théâtre, d'où s'échappaient des roulements de tambour, des décharges de mousqueterie. Il n'en fallait pas davantage pour inspirer à Paul le désir d'y pénétrer, et, comme la représentation finissait en ce moment, les enfants en profitèrent pour prendre leurs places. On y retraçait à l'aide de marionnettes un des plus grands épisodes de notre histoire contemporaine : la prise de Sébastopol ; et tout était disposé avec tant d'art qu'il y avait certes de quoi faire illusion. La célèbre tour de Malakof apparaissait au sommet d'un rocher escarpé, et les soldats français luttaient avec une intrépide valeur, pour l'enlever aux Russes, qui la défendaient avec acharnement. Parfois les uns et les autres disparaissaient dans des nuages de poudre et de fumée ; puis enfin, un hourra de victoire retentissait, et le drapeau tricolore flottait triomphant sur les murs de la formidable citadelle. Ce spectacle guerrier ravit l'impétueux Paul, et ses sœurs partagèrent son plaisir.

A quelques pas plus loin, ils poussèrent une vive exclamation ; ils venaient d'apercevoir une barraque plus grande, mieux ornée que les autres, et sur laquelle on lisait cette singulière inscription : *Le diable à Reims.* C'était précisément le moment où l'on conviait les curieux à prendre leur place. On voyait sur les tréteaux des hommes couverts d'un casque de cuivre, et portant de longs manteaux drapés à l'antique; leurs vêtements étaient d'un bleu d'azur et parsemés d'étoiles d'or ; les costumes des femmes, en mousseline blanche, semée de paillettes brillantes, n'avaient pas moins d'éclat. Le comique de la troupe annonçait, avec une grotesque emphase, les mille tours de passe-passe, de magnétisme, de physique amusante dont on devait charmer les yeux des spectateurs.

Les enfants tout éblouis s'arrêtèrent, levant la tête, et écoutant avidement les pompeuses déclamations du saltimbanque. Geneviève elle-même y prêta son attention.

Tout à coup, elle se retourne et pousse un cri; elle a vainement cherché Laure des yeux.

— Laure ! où est Laure ? s'écrie-t-elle.

— Laure ! reprend Maria ; mais, il n'y a qu'un instant, elle était à côté de moi ; la foule nous a séparées, puis je l'ai perdue de vue.

— O mon Dieu ! murmura la pauvre fille, comment la retrouver dans tout ce monde? que vont dire mes maîtres, s'il nous faut retourner sans elle? mais, au moins, pendant que je vais la chercher partout, suivez-moi, vous autres, et ne me quittez pas.

Les enfants, partageant son inquiétude, se pressèrent à côté d'elle, oubliant les objets qui, un moment auparavant, captivaient toute leur attention.

Geneviève se mit à parcourir tous les groupes, regardant partout autour d'elle ; elle voyait passer bien des petites filles gracieuses, souriantes, vêtues à peu près comme l'était Laure ; parfois, trompée par une vague ressemblance, elle s'élançait vers l'une d'elles, mais son attente était trompée, et son angoisse allait toujours croissant.

— Hélas ! se disait-elle, on parle de tant d'enfants enlevés à leurs familles, dérobés par des saltimbanques. Si tel avait été son sort, je ne me pardonnerais jamais de l'avoir perdue de vue un moment.

Et à tous les passants qu'elle rencontrait, elle demandait :

— N'avez-vous pas vu une petite fille d'une dizaine d'années, avec un manteau gris et un chapeau de feutre, d'où s'échappent de grandes tresses blondes ?

Chacun répondait négativement à cette demande; Geneviève ne savait plus où porter ses pas, et le découragement s'emparait d'elle, quand tout à coup elle poussa une joyeuse exclamation. Elle venait d'apercevoir Laure perdue au milieu de la foule, et regardant à droite, et à gauche, d'un air effaré.

— Laure! Laure! s'écria-t-elle. Et plus son anxiété avait été pénible, plus sa joie était vive et profonde; aussi ne trouvait-elle point la force de gronder l'enfant qui lui avait causé une si cruelle frayeur.

— Où as-tu donc été? pourquoi nous as-tu quittés ? lui demandèrent Paul et Julie.

Laure était très-rouge.

— Est-ce ma faute à moi? balbutia-t-elle ; la foule m'a un moment séparée de vous, puis je ne pouvais plus vous retrouver ; je vous ai bien cherchés, allez !

Geneviève accepta l'explication, et l'on se prépara à reprendre le chemin du village. Les enfants auraient bien voulu prolonger encore leur séjour sur la foire ; mais leur bonne leur fit observer que ce serait dépasser l'heure fixée par leurs parents, et ils se soumirent sans résistance.

Ils repassèrent par une vaste place qui conduit aux promenades de la ville, et au centre de laquelle s'élève la statue colossale du général Drouet d'Erlon. L'un des côtés était occupé par des boutiques de tout genre, et les enfants employèrent la petite somme qui leur restait à l'achat de quelques bagatelles de mince valeur, à l'exception toutefois de Laure qui ne fit aucune acquisition.

Quand ils furent de retour, les enfants racontèrent avec de grands détails tout ce qu'ils avaient vu, entendu, ne tarissant point sur les belles choses qui avaient frappé leurs regards. Ils ne firent point allusion toutefois à l'acte de générosité qu'ils avaient accompli, car ils savaient déjà qu'une bonne action divulguée par ses auteurs perd une grande partie de son mérite. Cependant quand madame Vilmorin leur demanda où étaient leurs emplettes, Geneviève prit la parole, et raconta comment ils y avaient renoncé pour obliger une malheureuse mère de famille. Ce fut avec une joie bien vive et des larmes dans les yeux que madame Vilmorin apprit la généreuse conduite de ses enfants; elle les combla des plus tendres caresses. Pour ne point humilier Laure, Geneviève avait omis de dire qu'elle s'était refusée à y prendre part, et elle reçut comme Paul, Julie et Maria les témoignages de tendresse de leurs parents; mais tandis qu'ils épanouissaient les autres visages, ils attristaient le sien; car elle sentait qu'elle ne les avait point mérités, et qu'elle aurait dû avoir le courage de l'avouer.

Cependant cette nuit-là, M. et Mme Vilmorin reposaient depuis quelques heures, quand ils furent réveillés par un cri étouffé, sorti de la chambre où couchaient les trois petites filles. La bonne mère y courut à la hâte, et interrogea l'un après l'autre avec anxiété les lits où reposaient les enfants. Julie et Maria dormaient paisiblement; un léger sourire errait sur leurs lèvres ; ah ! sans doute, leur bon ange veillait sur leur sommeil et l'embellissait par mille rêves charmants. Mais Laure, à demi-suffoquée, se tenait assise sur son lit, et poussait de sourds gémissements ; c'étaient ses plaintes qui étaient parvenues aux oreilles de ses parents. Madame Vilmorin s'empressa de lui faire prendre du thé, et une violente indigestion se déclara.

Comme la petite fille jouissait ordinairement d'une très-bonne santé, sa mère se demandait avec étonnement la cause de cette indisposition ; mais, en changeant de place une des robes de Laure, elle s'aperçut que ses poches contenaient encore des sucreries et des débris de pâtisseries. Sans bien comprendre encore tout ce qui s'était passé, elle entrevit une partie de la vérité, car le malheureux défaut de sa fille ne lui était que trop connu.

En effet, Laure s'était volontairement séparée de sa bonne pour courir vers les boutiques où elle avait aperçu des friandises de toute espèce ; elle en avait acheté à la hâte, et en avait bourré ses poches : meringues, caramels, pastilles de chocolat, bonbons, pain d'épice : elle n'avait rien oublié. C'est depuis son arrivée sur la foire qu'elle avait médité ce beau projet, car comme elle comptait manger seule ses provisions, elle avait voulu les acheter sans témoin. Elle avait profité, pour s'échapper, du moment où l'attention de sa bonne et de ses sœurs était vivement captivée, et c'est alors que Geneviève l'avait cherchée avec une si douloureuse anxiété.

Laure avait eu, elle aussi, un instant d'inquiétude; elle comptait retrouver sa bonne à la place où elle l'avait laissée, et, en ne l'y revoyant plus, elle avait craint qu'elle n'eût repris sans elle le chemin du village; c'était là déjà une première punition de sa faute.

A son retour à la maison, elle avait été déposer ses provisions dans un tiroir dont elle avait la clef, savourant d'avance tout le plaisir dont elle allait jouir, et se promettant bien de n'en prendre chaque jour qu'une petite quantité.

Mais la tentation était trop grande ; hé quoi ! avoir de si bonnes choses en sa possession et ne point y toucher, c'était au-dessus de ses forces ; et puis, se disait-elle, pourquoi les réserver ? on pourrait bien découvrir ma cachette et me les enlever ? Elle remonta donc dans sa chambre plusieurs fois dans la soirée; elle avalait alors précipitamment quelques-unes de ses friandises, et c'est de cette manière qu'elle avait ainsi consommé en une soirée presque toutes les emplettes qu'elle avait faites. Ce n'est pas impunément qu'elle s'était livrée à cet acte de gourmandise; à peine avait-elle été endormie que des rêves affreux, occasionnés par l'embarras d'estomac qu'elle éprouvait, avaient troublé, agité son sommeil, et enfin elle s'était éveillée en ressentant une vive douleur et un malaise général.

Le lendemain de ce jour, elle était encore un peu souffrante; elle garda le lit toute la journée; peut-être la honte l'y retenait-elle autant que la maladie. Elle supposait que sa mère n'ignorait point la cause de son malaise, que ses sœurs la connaissaient également, et elle se sentait profondément humiliée. A l'égard de ces derniers, il n'en était rien cependant; ils croyaient que leur sœur avait préféré garder sa petite bourse, et ils ne lui en voulaient pas. Ils la plaignirent d'être malade, et, pour la désennuyer, ils vinrent avec leurs jouets s'installer auprès de son lit.

Madame Vilmorin, pour éclaircir ses doutes, avait interrogé Geneviève ; elle avait appris que Laure avait refusé de s'associer à la libéralité de son frère et de sa sœur ; elle avait eu aussi connaissance de sa disparition momentanée, et elle ne doutait plus de l'action méprisable dont sa fille s'était rendue coupable. Elle en avait été profondément affligée, et cherchait dans son cœur de mère un moyen pour corriger sa fille d'un si vilain défaut. Une nouvelle circonstance vint bientôt lui faciliter cette tâche.

Dans le courant de l'été, monsieur Vilmorin reçut la visite d'un des amis qui habitait Paris ; c'était un avocat distingué ; il avait connu monsieur Vilmorin sur les bancs du collége, et il lui avait conservé une amitié aussi sincère que dévouée ; il lui consacrait chaque année quelques jours de la belle saison, et portait à son aimable famille le plus vif intérêt.

C'était pendant l'après-midi ; monsieur Vilmorin et monsieur Massange, son ami, faisaient la lecture des journaux, assis au milieu d'une jolie pelouse qui s'étendait devant l'habitation, tandis que la maîtresse du logis travaillait à l'aiguille à quelques pas d'eux. Tout à coup, elle vit s'ouvrir la grille qui les séparait de la grande route, et une villageoise s'avancer rapidement vers elle. Cette femme portait deux grands paniers, et était accompagnée d'une petite fille qui tenait une corbeille, sur laquelle était étendu un linge bien blanc.

— Ah! madame, s'écria-t-elle en arrivant auprès de madame Vilmorin, que je suis contente de vous trouver! je ne suis pas riche, mais j'aime à reconnaître les services que l'on me rend. Il y a trois mois, mon mari était malade, j'étais dans la peine; et de méchants petits garçons, comme vous le savez sans doute, sont venus me jouer un mauvais tour. Je ne puis vous dire combien j'ai été désolée en voyant mon lait renversé, mes pigeons envolés. Comme j'étais là à me lamenter, un bon vieillard est venu vers moi et m'a dit : « Brave femme, ne vous chagrinez pas tant; s'il est de méchants enfants, il y en a de bons aussi; il en est passé quatre avec de beaux cheveux blonds comme des chérubins, et voilà ce qu'ils m'ont remis pour vous, comme un dédommagement du tort qui vous est causé. » C'était si délicatement offert; pas moyen de refuser, n'est-ce pas, Madame? et puis j'en avais tant besoin alors! mais maintenant que les affaires vont un peu mieux et que mon pauvre homme est rétabli, je me trouve bien heureuse de pouvoir offrir quelque chose à ces bons petits enfants, et j'ai appris que c'est aux vôtres, Madame, que je suis ainsi redevable. Je voudrais bien les voir pour les remercier moi-même.

— Tout le plaisir a été pour eux, reprit madame Vilmorin ; on est vraiment heureux quand on trouve l'occasion d'obliger une personne qui le mérite aussi bien que vous; mais puisque vous le désirez, je vais les faire venir.

Elle donna l'ordre alors d'appeler les enfants qui jouaient dans le jardin ; tous accoururent, Laure comme les autres, car elle ne savait pas de quoi il s'agissait.

A leur vue, la paysanne se confondit en remercîments ; elle leur demanda la permission de les embrasser, et ce fut avec des larmes dans les yeux qu'elle les baisa l'un après l'autre. Laure était toute confuse en recevant ces témoignages d'une reconnaissance à laquelle elle savait bien ne point avoir de droit.

Cependant, Marguerite enleva la serviette qui

recouvrait ses paniers, et laissa voir des galettes d'un jaune doré, d'où s'échappait un fumet exquis, puis des cerises fraîchement cueillies et d'une espèce superbe ; dans la corbeille de la petite fille, s'étalaient des fraises magnifiques, qui charmaient l'œil autant que l'odorat.

— C'est trop ! c'est trop ! disait madame Vilmorin.

Et elle ne voulait d'abord accepter qu'une faible partie de ces dons ; mais Marguerite était si rayonnante en les offrant, qu'elle comprit qu'insister plus longtemps, ce serait désobliger l'excellente femme ; elle permit donc à ses enfants de les recevoir, et invita les deux paysannes à se reposer et à prendre quelques rafraîchissements. Madame Vilmorin leur promit d'aller avec sa famille se promener jusqu'à leur demeure, et leur fit avec une grâce charmante et pleine de cordialité les honneurs de sa maison. Lorsqu'on se sépara, chacun emportait dans le cœur un sentiment délicieux : Marguerite et sa fille, la satisfaction d'avoir prouvé leur gratitude ; et les enfants, la pensée non moins douce qu'ils n'avaient point eu affaire à un cœur ingrat.

Monsieur Massange avait laissé tomber le journal qu'il tenait à la main, pour contempler la scène qui s'offrait à ses regards. Quand les enfants se furent éloignés, il en demanda l'explication à madame Vilmorin : c'était pour l'heureuse mère une occasion de montrer le bon cœur de son fils et de ses filles; elle retraça donc à l'ami de son mari la manière dont les enfants avaient employé l'argent destiné à leurs menus plaisirs. Monsieur Massange était un homme d'un caractère élevé, heureux de rencontrer de bons sentiments, n'importe à quel âge de la vie.

— C'est là bien agir, s'écria-t-il ; je veux, moi, les récompenser.

— Gardez-vous-en bien, reprit madame Vilmorin; cet acte de générosité leur a déjà procuré tant de bonheur, que je crains qu'ils ne s'habituent à faire de bonnes actions par des motifs purement humains.

— Votre sollicitude, vos sages leçons sauront l'empêcher ; laissez-moi le plaisir de leur témoigner combien j'apprécie l'abnégation qu'ils ont montrée, car enfin, il en faut à leur âge pour se priver de jouets depuis longtemps convoités.

En effet, au repas du soir, monsieur Massange frappa sur l'épaule du petit garçon, son voisin.

— Paul, mon ami, lui dit-il, que désirais-tu à la foire de Reims?

— Moi ! fit-il avec étonnement, mais j'aurais bien voulu un cerf-volant.

— Et toi, Julie?

— Elle rêvait une boite à ouvrages, fit Maria sans attendre qu'on l'interrogeât ; et moi j'avais envie d'un beau ballon.

— Et toi, Laure, reprit monsieur Massange, qu'ambitionnais-tu?

Son frère et sa sœur jetèrent les yeux sur elle ; ils avaient deviné à peu près sa mésaventure, et ce souvenir leur arracha un bruyant éclat de rire que leur mère réprima d'un regard.

Laure fondit en larmes.

— Allons, allons, fit monsieur Massange, qu'est-ce que cela ? des pleurs ! c'était donc un souhait bien ambitieux que vous formiez ; parlez toujours ; ne craignez rien.

Laure devenait de plus en plus confuse et embarrassée.

— Cette enfant, reprit madame Vilmorin, n'a point pris part à l'acte de générosité que les autres ont accompli ; elle a préféré employer son argent à la satisfaction de ses goûts.

Laure jeta sur elle un regard suppliant.

Madame Vilmorin souffrait de la douleur et de la confusion de sa fille ; mais elle comprenait que c'était là l'occasion de lui donner une leçon dont elle se souviendrait peut-être toujours; aussi continua-t-elle d'une voix grave et triste.

— Ses goûts, j'en rougis pour elle, consistaient à se procurer des bonbons de toute espèce qu'elle voulait manger seule, joignant ainsi à la gourmandise l'égoïsme le plus révoltant.

Laure sanglotait.

— Pardon, pardon, s'écriait-elle, je ne le ferai plus, jamais plus.

Monsieur Massange comprit l'intention de madame Vilmorin.

— Ce que vous me dites-là, reprit-il, m'étonne et m'afflige; hé quoi ! la fille de mon ami est possédée par ce vice honteux; quoi de plus dégradant que la gourmandise ! n'est-ce pas là la passion des animaux ? Quel est leur unique souci ? c'est de se procurer la meilleure nourriture possible; est-ce ce que nous devons faire ainsi, nous à qui Dieu a ouvert un vaste horizon, nous qu'il a doués d'une ame capable de penser, de sentir et d'aimer?

Laure, couvrant son visage de ses deux mains, s'était laissée tomber à genoux, et elle répétait d'une voix suppliante :

— Je ne le ferai plus, jamais plus.

— Je le crois, répondit gravement madame Vilmorin, mais l'avenir seul nous montrera la sincérité de vos promesses actuelles.

— Je m'en porte garant, moi, s'écria monsieur Massange en attirant Laure dans ses bras; dans un an, à pareille époque, je me retrouverai parmi vous, et j'ai la conviction que vous pourrez me rendre le témoignage que Laure a lutté courageusement contre un défaut qui la rendrait méprisable, s'il grandissait avec elle.

Le lendemain était le jour du départ de monsieur Massange ; quelques semaines plus tard, on recevait une caisse expédiée par lui; les enfants l'entourèrent, et poussèrent de vives exclamations de joie à la vue des objets qu'elle renfermait. Il y avait d'abord un cerf-volant magnifique, qui fit bondir de plaisir son heureux possesseur ; Julie ne fut pas moins heureuse en se voyant maîtresse d'un très-beau coffre à ouvrage aussi solide qu'élégant, et dans lequel rien n'était oublié de ce qui est nécessaire aux travaux des femmes. Quant à Maria, elle courait et sautait en tous sens lançant dans les airs deux ballons légers, transparents, plus beaux qu'elle n'en avait jamais rêvés.

Laure n'avait point été oubliée ; une petite boîte lui était destinée ; elle renfermait une médaille en argent, enveloppée dans un papier, sur lequel étaient écrits ces mots :

— Portez cette médaille ; invoquez souvent la Vierge dont elle reproduit l'image, et songez toujours aux promesses que vous avez faites à votre mère en ma présence.

Cette leçon ne devait pas rester sans efficacité pour Laure ; sa mère reconnut bientôt avec bonheur qu'elle faisait des efforts persévérants pour acquérir les qualités aimables de son frère et de sa sœur. Une volonté ferme et énergique triomphe de tous les obstacles ; aussi arriva-t-il un jour où Laure put, sans éprouver la moindre tentation, voir passer devant elle les bonbons les plus exquis, les gâteaux les plus savoureux ; de son vilain défaut, il ne lui restait que le souvenir des humiliations qu'il lui avait fait éprouver, et des jouissances douces et pures qu'il lui avait fait perdre.

UNE

RENCONTRE PROVIDENTIELLE.

UNE

RENCONTRE PROVIDENTIELLE.

A l'entrée des Champs-Elysées, une vieille femme était assise devant une petite boutique portative chargée de sucre d'orge, de pain d'épice, et de jouets de mince valeur. Sa mise était décente, sa figure honnête, et tout était propre et net autour d'elle. Elle n'appelait point à grands cris les chalands ; elle se contentait de les servir, quand ils se présentaient, avec une affabilité pleine d'empressement, et ils se succédaient assez rapidement devant son étalage. Deux enfants accompagnés de leur bonne s'arrêtèrent pour acheter des nougats et des pralines ; c'était un petit garçon et une petite fille de huit à dix ans environ ; leur mise indiquait qu'ils appartenaient à la classe aisée de la société ; le petit garçon portait des souliers vernis, une veste de velours bleu, une toque de la même nuance relevée par une élégante plume blanche ; le chapeau de sa sœur était orné d'une guirlande de fleurs fines et sa robe d'une riche broderie. Outre cela, ils avaient tous deux une physionomie charmante ; un gracieux sourire s'épanouissait sur leurs lèvres, leurs yeux d'un bleu d'azur avaient la limpidité du cristal le plus pur, et la délicate fraîcheur de leur teint ne le cédait en rien à l'éclat de la rose.

La marchande les considéra un moment.

— Mes petits amis, leur dit-elle, j'ai là de beaux jouets qui pourraient bien vous convenir, et ce serait en même temps une bonne action à faire.

En disant cela, elle tirait de dessous son comptoir une jolie poupée en peau, puis une boîte renfermant une petite maison, un berger et son troupeau, le tout en bois et artistement travaillé.

— Voyez, ajouta-t-elle, comme c'est délicat et bien fait ! je n'ai rien d'aussi beau ordinairement ; c'est par hasard qu'ils sont en ma possession.

— La charmante poupée ! la jolie bergerie ! s'écrièrent en même temps Eveline et Léon son frère.

— Voulez-vous les acheter, mes bons petits enfants ?

— Nous n'avons pas assez d'argent pour cela, répondirent-ils avec un petit air de regret.

— Je ne vous les vendrai pas cher ; car ils ne sont pas neufs, quoiqu'on ne s'en aperçoive guère ; ils appartiennent à des enfants qui autrefois étaient comme vous, qui portaient de beaux habits, avaient tout en profusion... et qui maintenant....

— Comment cela ! s'écria Eveline qui attachait sur la marchande de grands yeux étonnés; et ils n'en veulent plus ? est-ce qu'ils n'aimeraient plus à jouer ?

— Oh que si ! mais maintenant, ils sont bien malheureux, ils sont devenus pauvres, et ils y renoncent pour aider leur mère ; acheter cela, ce serait leur rendre un fameux service.

Pendant ce temps, Léon avait disposé le berger, ses moutons et sa cabane, et paraissait fort s'amuser de ce jeu ; aussi, poussés par deux sentiments différents, ils s'écrièrent :

— Ma bonne, ne pourrions-nous point acheter ces joujoux ? nous les paierions demain à la marchande.

— Vous ne le pouvez pas, reprit-elle, sans le consentement de votre mère.

— Eh bien ! dit la vieille femme, si j'allais les lui montrer, elle ne le refuserait sans doute pas.

— C'est bien probable, Madame est si bonne ! Elle ne demeure pas loin d'ici ; son habitation est située dans l'avenue Châteaubriand.

— C'est entendu ; dans une heure, mon garçon vient me remplacer à la boutique ; j'en profiterai pour aller trouver la mère de ces gentils enfants.

La bonne donna alors à la mère Benoît l'adresse de madame Dombasle, sa maîtresse ; puis elle s'éloigna avec Eveline et Léon.

Quelques instants après, la petite fille, assise sur les genoux de sa mère, lui racontait ce petit incident d'une manière un peu diffuse, mais que ses expressions naïves rendaient charmante. Elle lui parlait de la belle poupée au teint rose, aux yeux brillants, et de la petite fille qui avait autrefois de beaux habits, puis qui était devenue bien pauvre, et qui, hélas ! ne jouait plus.

Madame Dombasle, au milieu du babil de sa chère enfant, démêlait une de ces grandes infortunes dont notre société offre si souvent le spectacle ; elle entrevoyait une de ces familles en proie aux douleurs de la gêne, de la misère, douleurs plus cruelles encore quand elles succèdent aux douceurs de l'opulence, quand on n'en a point fait l'apprentissage dans les premières années de la vie. Sans avoir une fortune considérable, la mère d'Eveline jouissait d'une belle aisance, et son mari était à la tête d'un établissement industriel assez important.

C'était une femme distinguée par son éducation, par ses sentiments, et dont l'ame sensible et généreuse s'ouvrait facilement à la pitié. Aussi, elle donna l'ordre d'introduire la mère Benoît, dès qu'elle se présenterait. Léon ne se sentait pas d'aise à l'idée de posséder la jolie bergerie, et Eveline se réjouissait à l'idée d'entendre parler des bons petits enfants qui renonçaient à leurs jouets pour soulager leur maman dans la peine. La mère Benoît se présenta à l'heure dite, et, introduite dans le salon de madame Dombasle, elle lui montra les deux jouets qu'elle voulait vendre, en ajoutant :

— Vous aurez la poupée pour cinq francs ; c'est pour rien ; elle en coûte dix au moins ; et vous le voyez, elle est presque comme neuve ; quant à la bergerie, c'est un travail délicat, minutieux, comme vous vous en convaincrez en l'examinant de près ; je ne puis la donner moins de sept francs ; ce n'est pas pour moi, et je ne prélèverai pas là-dessus un centime.

— Mon intention, reprit madame Dombasle, n'est pas de vous marchander ; ces jouets, je les prends au prix que vous indiquez ; je voulais seulement vous demander quelques détails sur les personnes qui vous les ont confiés, car j'ai cru entrevoir, par ce que m'a dit ma fille, que leur situation mérite l'intérêt.

— Oh ! que oui ! Madame, reprit la mère Benoît qui aimait beaucoup à parler, et qui d'ailleurs était heureuse de gagner des sympathies à ses protégés. Ce sont des gens qui paraissent fort à plaindre, et qui sont pourtant si dignes, si bien, qu'on se sent tout plein de respect pour eux.

— Savez-vous quels sont les malheurs qui les ont frappés ?

— Non, pas positivement ; voilà comment je

les ai connus ; j'habite dans la rue du Coq-Saint-Honoré deux petites chambres au cinquième, et leur porte est en face de la mienne. Il y a six mois qu'ils sont arrivés là ; c'était un grand monsieur bien pâle, avec une redingote de drap fin, mais vieille et usée déjà ; puis une femme encore jeune avec une douce et triste figure ; et enfin deux beaux petits enfants comme les vôtres, mais dame ! pas ces yeux brillants, ni cette mine réjouie : un air malheureux comme leurs parents. Ils ont vécu ainsi un peu de temps ; le monsieur sortait souvent, la dame ne quittait guère sa chambre que pour aller faire quelques commissions nécessaires à son ménage. Mais voilà que le monsieur est tombé malade ; depuis trois mois, je ne l'ai plus aperçu.

« La dame est polie, mais si sérieuse, si réservée qu'on n'oserait pas lui faire de questions ; les enfants saluent toujours bien gracieusement, et viennent quelquefois dans ma chambre ; mais dame ! eux aussi sont discrets, et ne racontent pas ce qui se passe chez leurs parents. Hier seulement, la petite fille, qu'on appelle Noémie, est venue avec son frère m'apporter la poupée et la bergerie : « Mère Benoît, m'a-t-elle dit, voulez-vous bien vendre pour moi ces deux objets ; vous me remettrez le prix que vous pourrez en tirer. Nous autres, nous n'aimons plus à jouer, nous n'en avons que faire ; cependant, c'est à l'insu de notre mère que nous vous apportons ces jouets ; ainsi, de grâce, ne lui en dites rien, et faites ce que nous vous demandons, nous vous en serons bien reconnaissants. »

» Je compris leur bonne pensée, et je promis de me prêter à leurs désirs ; puis j'engageai la petite fille à s'asseoir un peu à côté de moi.

» Elle y consentit, et resta quelques instants dans ma chambre ; ce doivent être des enfants de bonne maison, car ils ont de si gentilles manières, et ils parlent si bien, si bien, madame, que vous en seriez, je suis sûre, étonnée vous-même. Noémie m'a entretenue de la ville qu'ils habitaient autrefois ; dame ! je ne me rappelle plus le nom ; toujours est-il qu'elle m'a raconté qu'on y voit la mer et des vaisseaux, qu'elle allait souvent se promener sur la plage pour y ramasser des coquillages ; et le petit bambin disait qu'il voudrait bien y retourner encore, parce que là, ils avaient pour jouer une vaste cour et de beaux jardins avec des arbres et des fleurs, et que là aussi son papa et sa maman étaient gais... tandis que maintenant... Sa sœur lui a fait alors de grands yeux, et, au même instant, sa mère a entr'ouvert la porte pour les appeler. Elle avait la figure altérée, les yeux rouges ; on voyait qu'elle avait beaucoup pleuré.

« Madame, que je lui ai dit, en allant à elle, il n'y a pas pour moi de moments plus agréables que ceux que je passe avec vos enfants ; on n'en voit pas tous les jours de pareils. — En effet, m'a-t-elle répondu tristement, ils ont pour leur âge beaucoup de raison et de sentiment ; je remercie Dieu de me les avoir donnés ainsi ; ils vous aiment beaucoup aussi, madame Benoît, et j'ai à vous remercier de vos bontés pour eux. » Là-dessus, elle m'a saluée en emmenant Noémie et Julien, et je suis restée à penser à cette dame si bien élevée, et en même temps si triste et si pauvre. J'ai eu bien des fois la pensée de lui offrir mes services, soit un peu d'argent, soit un coup de main dans son ménage ; mais dame ! je n'ose pas... Hier soir, j'ai observé que la lumière a duré chez eux jusque minuit passé; ils ne sont pas dans une position à en brûler pour rien ; la dame travaille pour le monde, c'est à n'en pas douter, et d'ailleurs, je la vois souvent sortir avec un petit paquet ; c'est sans doute de l'ouvrage qu'elle reporte ; mais pardon, madame, je m'aperçois que je cause, que je cause... et je vous ennuie peut-être. »

— Non, non, rassurez-vous, tout ce que vous me dites m'intéresse ; je suis mère et je comprends ce que doit souffrir cette malheureuse femme, en voyant ses enfants languir et s'étioler au sein de la gêne et des privations. Dans notre grande cité, il est, je le sais, bien des misères qui n'ont d'autre cause que le vice et la mauvaise conduite de ceux qui en sont les victimes ; mais j'aime à croire que la famille dont vous me parlez est une famille estimable et digne de sympathie.

— Oui ! et vous en seriez convaincue, si vous voyiez cette femme à l'air modeste et réfléchi, et dont le pauvre costume est si propre et si soigné !

— Soyez tranquille ; j'ai émis tout à l'heure une crainte vague, par laquelle je ne me laisserai point arrêter, car c'est là un prétexte dont colorent souvent leur conduite ceux qui veulent rester indifférents aux souffrances des autres. Vos protégés m'intéressent ; je veux leur être utile, mais je ne puis pas, sans la blesser, aller aborder cette dame ; tâchez de savoir si réellement elle travaille pour le dehors ; ce sera alors un moyen pour m'introduire chez elle ; demain, je me présenterai chez vous, et vous me ferez part de ce que vous aurez pu découvrir. En attendant, voilà douze francs que vous remettrez à l'intéressante Noémie, et, continua-t-elle en y ajoutant une pièce de monnaie, voilà pour la peine que vous vous êtes donnée.

— Merci, Madame, fit la mère Benoît en saluant pour s'éloigner ; que vous êtes bonne ! ah ! Dieu, pour vous récompenser, bénira, protégera vos deux petits anges.

Cependant Eveline avait reçu des mains de sa mère la jolie poupée ; elle en possédait plusieurs autres, il est vrai, mais celle-là était nouvelle ; et, aux yeux des enfants, il n'est point pour un jouet de qualité qui puisse le disputer à celle-là. Madame Dombasle fut donc surprise de la voir déposer sa poupée dans un petit lit, puis se contenter d'y jeter, de temps en temps, les regards, sans même oser la toucher. Elle l'observait en silence, et, vers le soir :

— Comment donc, lui dit-elle, n'as-tu pas déjà habillé et deshabillé dix fois ta poupée nouvelle?

— Oh! mère, c'est pour ne pas la gâter.

— D'ordinaire, tu n'es pas si soigneuse, car tes jouets ne sont jamais bien longtemps intacts.

— C'est pour cela que je ne veux pas y toucher; je n'ai pas une poupée depuis huit jours qu'elle n'ait perdu sa fraîcheur, et même, quelquefois, qu'elle n'ait la tête brisée: eh bien! je veux conserver celle-là en bon état pour la rendre à l'aimable petite fille qui l'a vendue.

A ces mots, madame Dombasle sourit, et baisant le front de son Eveline:

— C'est bien, lui dit-elle, c'est là une bonne pensée; demain tu viendras avec moi, et tu verras la petite Noémie; et toi donc, Léon, cette idée ne t'est-elle pas venue aussi?

L'enfant baissa la tête; il avait constamment manié son nouveau jouet; aussi le berger était-il devenu manchot, et plus d'un mouton avait-il déjà perdu la queue.

Ce soir là, Eveline, tout heureuse des tendres caresses de sa mère, s'endormit en songeant à

Noémie, et au plaisir qu'elle aurait à lui rendre sa poupée.

Le lendemain était un beau dimanche du mois de mai ; le soleil se leva radieux au milieu d'un ciel sans nuages, dorant de ses brillants rayons le sommet des maisons, les toits des édifices, et répandant dans l'atmosphère cette douce et bienfaisante chaleur qui ranime le courage, et porte dans les cœurs la joie, le bonheur et la vie. Aussi, de somptueux équipages se croisaient en tous sens, et les élégants promeneurs se pressaient sur les boulevards, et dans les Champs-Elysées. Tandis que la foule joyeuse semblait ainsi sourire aux premières caresses du printemps, une femme vêtue de noir sortait d'un magasin de la rue Vivienne, et marchait précipitamment sans paraître remarquer rien de ce qui se passait autour d'elle. Elle semblait mécontente du résultat de sa démarche, car elle murmurait : « Attendre ! attendre ! ils n'ont pas le temps de régler aujourd'hui, disent-ils, et ils ne s'informent pas si le prix de mon travail m'est nécessaire. O mon Dieu ! Ernest ! mon pauvre Ernest ! je souffre plus encore pour lui que pour moi. »

Madame Dombasle et Eveline passèrent auprès d'elle; la petite fille était toute joyeuse; elle sautillait gaiement à côté de sa mère, s'efforçant d'accélérer sa marche; elles ne remarquèrent point l'inconnue qui passa rapidement à côté d'elles, et qui les eut bientôt devancées.

Pendant ce temps, dans la chambre en face de celle de la mère Benoît, un homme vêtu d'une longue robe de chambre était assis auprès d'une étroite fenêtre, aspirant avec délices les bouffées d'air pur et frais qui lui arrivaient par intervalles, essayant, pour ainsi dire, de prendre lui aussi sa part de cette fête que chaque année le printemps donne à la nature. Il était pâle et maigre, et une barbe longue et inculte achevait de donner à son visage une expression sinistre; il paraissait plongé dans de tristes réflexions, et sa tête retombait languissamment sur sa poitrine. Debout à ses côtés, se tenait une petite fille dont les pauvres vêtements étaient d'une coupe gracieuse, qui faisait ressortir à merveille la délicate souplesse de sa taille. Les traits de son visage ne brillaient ni par la finesse ni par la régularité, mais elle était remarquable par la douceur caressante de son regard, par l'expression d'énergie et d'intelligence répandue sur sa physionomie. A quelques pas de là, un petit garçon d'une huitaine d'années paraissait absorbé dans la contemplation d'un vieux livre dépareillé, contenant quelques gravures ; il se tenait immobile, silencieux, habitué, on le voyait, à éviter tout jeu bruyant, à refouler les élans de la vivacité, de la gaieté naturelle à son âge.

— Papa, dit tout à coup Noémie, maman va rentrer ; je vais faire les préparatifs pour la recevoir, quel bonheur ! quelle surprise pour elle !

Le malade releva la tête, et un éclair de joie brilla dans son morne regard.

— Oui, chère enfant, reprit-il, ta maman sera contente, et bien sensible à cette aimable attention.

Noémie ouvrit une armoire ; elle en tira une nappe qu'elle posa sur la table, puis elle plaça dessus du jambon, des gâteaux et une bouteille de vin. Son jeune frère suivait tous ses mouvements d'un regard étonné, et c'était avec une dextérité charmante qu'elle accomplissait ces préparatifs.

— Voyez, disait-elle, tout ce que cette excellente mère Benoît m'a procuré ; au moins, notre repas d'aujourd'hui différera de celui des autres jours. Ce n'est pas tout encore! continua-t-elle en plaçant devant son père deux jolis bouquets des fleurs de la saison, puis un rosier dont les nombreux boutons à peine entr'ouverts donnaient les plus belles espérances.

— Mon enfant, reprit-il, c'est du luxe que cela, et, tu le sais, il ne nous est pas permis.

— Cher père, dit Noémie d'une voix caressante, une fois dans toute une année, et encore le jour de la fête de notre mère!... D'ailleurs, peut-on sans fleurs souhaiter une fête? et puis, maman les aime; elle en avait tant autrefois, cela les lui rappellera.

A ces mots qui éveillaient sans doute en lui un amer regret, le regard du malade s'assombrit, et il reprit son attitude morne et découragée.

L'enfant remarqua l'effet que ses paroles avaient produit, et, plaçant sa petite main dans celle de son père :

— Cher papa, lui dit-elle, les beaux jours reviendront peut-être pour nous; tu le vois, après le sombre et triste hiver, voilà le printemps qui renaît charmant et joyeux ; ensuite, vois-tu, je grandis ; maman dit que je suis très-adroite ; bientôt, moi aussi, je gagnerai de l'argent.... et puis tu guériras, car Dieu est bon, et je le lui demande tous les jours.

— Aimable enfant ! dit le malade en la pressant sur son cœur, ton frère et toi, vous êtes l'unique joie de ma vie, le seul éclair de bonheur qui brille encore pour moi... ah oui ! pour votre mère et pour vous, je veux renaître à la vie, éloigner de moi le découragement.

A ce moment, un pas retentit sur l'escalier ; aussitôt Noémie posa un doigt sur ses lèvres, remit à Julien les deux bouquets, prit elle-même le beau rosier, puis tous deux restèrent debout, attendant que la porte s'ouvrît. Bientôt la mère de famille parut, et Noémie s'élança vers elle :

— Chère maman, lui dit-elle, c'est aujourd'hui la Saint-Georges, et nous ne voulons pas la laisser passer sans fêter la meilleure des mères ; recevez donc ces fleurs, et surtout nos baisers et les vœux qui s'chappent de nos cœurs reconnaissants, et tout remplis d'amour pour vous.

La jeune femme demeurait muette d'étonnement ; elle prit les fleurs, et baisa ses enfants sans prononcer un mot. Au milieu des tristes préoccupations qui l'assiégeaient, la pensée ne lui était pas venue que c'était le jour de sa fête, ni que ses enfants songeassent à la lui souhaiter. Sa surprise était donc extrême, et ses souvenirs se reportaient vers le temps où la Saint-Georges était un des plus beaux jours de son heureuse existence.

Son mari s'avança alors :

— Georgine, lui dit-il, je n'ai rien à t'offrir; je n'ai pas pu comme autrefois te ménager une agréable surprise ; mais pourtant je veux, moi aussi, te souhaiter ta fête, à toi ma bonne compagne, si dévouée, si courageuse dans l'adversité ; ah ! crois-le bien, au sein du malheur, mon affection pour toi est plus vive, plus profonde encore que dans la prospérité.

A ces paroles, madame Berthold se jeta dans les bras de son époux en fondant en larmes ; mille sentiments divers se partageaient son ame ; au souvenir déchirant d'un bonheur évanoui, se mêlait la douce émotion que faisaient naître en elle les témoignages de tendresse qui lui étaient prodigués.

Monsieur Berthold confondit ses larmes avec

celles que versait sa femme, et pendant quelques instants ce bruit troubla seul le silence de la modeste chambre. Ce n'était pas la douleur seulement qui les faisait couler ; quand l'amitié mêle ses douceurs aux souffrances de la vie, elle en efface, pour ainsi dire, l'amertume, et leur prête même un certain charme inconnu à l'égoïste opulent dont le cœur sec et froid est vide d'affection.

Dans ce moment d'effusion et d'épanchement, où les deux époux oubliaient presque leur situation présente pour ne songer qu'à cette affection profonde, sincère, qui embellissait leur misérable existence, on frappa soudain à la porte. Tous deux tressaillirent ; un moment, leurs pensées s'étaient égarées dans un monde idéal, et c'était là un cruel réveil qui les rappelait brusquement à la froide et triste réalité. Ils se regardèrent avec étonnement ; ils vivaient dans un isolement complet ; quelle était donc cette visite inusitée ? qui pouvait venir si mal à propos troubler leur solitude ?

Cependant un second coup suivit le premier ;

— Entrez, dit cette fois monsieur Berthold.

Et l'on vit paraître la figure débonnaire de la

mère Benoît qui s'avançait timidement par la porte entr'ouverte. C'était la première fois que son regard plongeait dans l'appartement de ses voisins ; aussi, ne pouvait-elle se défendre de jeter autour d'elle un regard scrutateur.

La maîtresse du logis se leva, et s'avança visiblement mécontente.

— Madame, dit la mère Benoît de sa voix la plus douce, pardon si je vous dérange, mais je viens vous dire qu'une respectable dame voudrait bien vous parler.

— Je ne connais personne à Paris, dit madame Berthold, je n'attends personne ; ainsi veuillez lui dire qu'elle se trompe certainement.

— Non, non, c'est bien à vous qu'elle a affaire.

— Il y a erreur, j'en suis sûre, et en tout cas, je ne pourrais la recevoir en ce moment ; ainsi, veuillez le lui dire.

La mère Benoît n'osa point insister davantage, elle fit une grande révérence, et se retira en présentant ses excuses.

Monsieur Berthold avait suivi cette scène avec un certain étonnement ; dans les réponses faites par sa femme, il n'avait point reconnu sa douceur habituelle ; aussi, après le départ de la marchande :

— Georgine, lui dit-il, pourquoi donc avoir répondu ainsi à notre voisine ; c'est une brave femme pleine d'obligeance ; tu ne connais pas la personne qu'elle nous annonce, et tu refuses toute entrevue avec elle.

— Je ne puis souffrir de voir un œil indiscret pénétrer dans notre intérieur ; il m'en coûte bien moins d'endurer les rigueurs de la pauvreté, que d'avoir des témoins de notre misère.

— J'approuve ta répugnance, je partage tes sentiments à cet égard, mais faut-il pour cela fermer notre porte à tout être humain ? peut-être est-ce un messager de bonheur qui venait à nous. Je ne sais pourquoi, en voyant se lever ce jour si pur et si beau, en songeant qu'il est celui de ta fête, un secret pressentiment me disait qu'il serait marqué pour nous par un heureux événement.

— Cher Ernest, je voudrais partager tes illusions, mais nous sommes inconnus, abandonnés dans cette grande ville ; nul visage ami ne peut apparaître sur le seuil de notre porte ; c'est probablement quelque femme du voisinage qui se sera concertée avec la mère Benoît pour venir pénétrer les secrets de notre intérieur, dont le mystère excite sans doute bien vivement leur curiosité.

A ce moment, on frappa de nouveau à la porte, et monsieur et madame Berthold virent avec étonnement paraître une jeune femme, au maintien gracieux, à la mise élégante et soignée; c'était madame Dombasle qu'accompagnait la charmante Eveline. La mère Benoît s'était bien gardée de lui rapporter l'accueil qu'elle avait reçu; elle s'était contentée de lui dire qu'elle avait annoncé son arrivée, et que la famille Berthold était prête à la recevoir.

En pénétrant dans cette pauvre chambre dont une exquise propreté ne pouvait cacher le dénuement, l'opulente visiteuse ressentit une émotion profonde à la vue des deux infortunés, dont le visage pâle et amaigri portait l'empreinte des chagrins les plus amers. Comme l'avait dit la mère Benoît, madame Berthold avait dans l'attitude une dignité froide et réservée qui imposait le respect. Au sein de l'opulence, l'orgueil est vil et misérable; mais dans l'adversité, il est une fierté légitime qui soutient le courage, préserve de toute démarche dégradante, et relève le malheur. Aussi, madame Dombasle, dont l'ame élevée comprenait d'ailleurs tout ce qu'il y a de grandeur réelle dans une infortune noblement supportée, madame Dombasle s'arrêta hésitante sur le seuil de la porte ; elle se sentait inhabile à remplir la mission qu'elle s'était imposée, et se trouvait plus embarrassée peut-être qu'elle ne l'eût été si elle fût venue en suppliante implorer pour elle-même la pitié. Monsieur Berthold rompit le premier cette situation pénible, et avança un siége à l'élégante visiteuse. La jeune femme y prit place, et, se tournant vers madame Berthold :

— Pardonnez-moi, madame, lui dit-elle d'une voix empreinte d'une affectueuse bonté, pardonnez-moi de venir vous déranger ; mais j'ai quelques délicats travaux de broderie à exécuter, et je viens vous demander si vous ne voudriez pas vous en charger.

Madame Berthold rougit ; elle travaillait, il est vrai, pour un magasin ; mais il lui répugnait d'être, devant son mari, devant ses enfants, traitée comme une ouvrière ; aussi, sans examiner si elle privait par là sa famille d'une augmentation de bien-être, elle répondit sur-le-champ :

— Il m'est impossible, madame, de faire ce que vous me demandez, et je n'ai chargé personne de me procurer du travail.

— Alors, agréez mes excuses, reprit madame Dombasle un peu déconcertée, mais qui ne voulait point encore abandonner l'œuvre généreuse qu'elle avait entreprise.

Elle cherchait les moyens de pénétrer jusqu'au cœur de la pauvre mère ; aussi, jetant les yeux sur Noémie, elle l'attira vers elle en disant :

— Vous avez là, madame, une bien charmante enfant ; je suis sûre que mon Eveline brûle de lier connaissance avec elle.

Les deux enfants se rapprochèrent, leurs petites mains s'entrelacèrent, et, avec la charmante ingénuité de leur âge, qui bannit la gêne et la contrainte, elles entamèrent bientôt une amicale causerie ; madame Dombasle se tourna alors vers le malade.

— Vous souffrez, monsieur, lui dit-elle ; y a-t-il longtemps déjà ?

— Trois mois environ ; j'ai été assez gravement malade, mais je suis convalescent maintenant.

— Lorsque vous pourrez faire quelques promenades, venez, je vous en prie, jusqu'à ma demeure ; j'occupe un petit hôtel dans l'avenue Châteaubriand ; et là, j'ai un jardin où l'on trouve du moins un air pur et de frais ombrages, ce qui est assez rare à Paris. Vous m'amènerez votre petite fille ; je lis sur son visage tant d'aimables qualités que sa société, j'en suis convaincue, ferait le plus grand bien à Eveline.

Des manières si engageantes ne pouvaient laisser madame Berthold insensible ; elle qui sauvegardait avec tant de soin sa dignité, se sentait d'autant plus touchée de la politesse pleine de cordialité et de bienveillance que la grande dame lui témoignait ainsi qu'à son époux ; aussi, ce fut d'une voix émue qu'elle reprit :

— Vous êtes bien bonne, madame ; Noémie est, en effet, une enfant douce et raisonnable, mais votre Eveline ne le lui cède en rien, j'en suis certaine ; votre offre me pénètre de reconnaissance ; toutefois, je crains que mon mari ne soit longtemps encore incapable de faire une course un peu longue, car ses forces reviennent bien lentement.

— Vous êtes sans doute à Paris depuis peu de temps, et son séjour est souvent fatal à ceux qui sont accoutumés à une autre atmosphère ; je l'ai éprouvé moi-même, quand j'ai quitté le Hâvre pour venir demeurer dans cette ville.

— Le Hâvre ! avez-vous dit ? s'écria monsieur Berthold ; hé quoi ! seriez-vous du Hâvre ?

— Oui, monsieur ; mes parents habitaient une maison de campagne à quelques pas de cette ville ; c'est là que je suis née et que s'est écoulée ma jeunesse.

— Eh bien ; nous sommes compatriotes, car le Hâvre est notre pays à ma femme et à moi.

— Ah ! voilà donc la cause secrète de cette sympathie que vous m'inspiriez ; maintenant, que nous ne sommes plus étrangers l'un pour l'autre, je puis vous parler à cœur ouvert ; eh bien ! c'est pour vous offrir mes services que je suis venue vers vous, mue par un profond sentiment d'intérêt. Je vois que vous êtes malheureux et dignes d'un meilleur sort ; je suis riche ; dites-moi ce que je puis faire pour vous ; ne me refusez pas, de grâce ; c'est une prière que je vous adresse.

— Ah ! madame, s'écria la pauvre mère, comment résister à une bonté si touchante? vous avez vaincu la répugnance que j'éprouvais à laisser voir à personne le secret de notre misère ; nous aimions mieux souffrir en silence que d'implorer un secours étranger ; mais puisqu'il vient à nous d'une façon si délicate, si généreuse, ce serait folie que de le repousser. J'accepte du travail pour moi, et votre protection pour obtenir une place à mon mari, quand sa santé sera revenue. Elle reviendra bientôt maintenant, car ce qu'il lui faut avant tout, c'est un peu de bonheur, c'est le calme et la tranquillité d'esprit.

Pendant qu'elle parlait ainsi, le visage de madame Berthold perdait peu à peu son expression morne et rêveuse, et son œil brillait d'un éclat inaccoutumé. Madame Dombasle, attachant sur elle son regard, semblait plonger sa pensée dans le passé pour y saisir un vague et lointain souvenir.

— Chose étrange ! dit-elle, tout à coup, il me semble, madame, que votre visage ne m'est pas inconnu, et que ce n'est pas la première fois que le son de votre voix frappe mon oreille.

— Puisque nous avons habité la même ville, il ne serait pas étonnant qu'en effet nous nous fussions déja vues; mais attendez donc... N'étiez-vous pas dans l'établissement de madame Dolbin ?

— Effectivement, j'ai été plusieurs années son élève.

— Je me rappelle maintenant,... cette jeune fille qui au concours obtenait tant de succès, Adrienne Senneville, enfin...

— C'était moi-même !

— Comment donc ne vous ai-je pas reconnue plus tôt ? c'est bien ce regard dont l'expression était si touchante, cette physionomie si douce et si aimable ; ah ! cette chère Adrienne, malgré sa supériorité sur nous, nous l'aimions toutes ; et, sa démarche d'aujourd'hui me le prouve ; riche et grande dame, elle a réalisé les promesses de son adolescence ; elle a toujours dans le cœur les mêmes trésors de bonté.

— De grâce ! murmurait la mère d'Eveline confuse et embarrassée.

— Pardonnez-moi, madame, de faire ainsi

votre éloge devant vous; mais j'ai été entraînée par l'émotion que j'éprouve, et par des souvenirs pleins de charmes pour moi.

— Vous étiez donc aussi l'une des élèves de madame Dolbin ?

— Oui, souvent nous nous sommes promenées ensemble ; et, donnant un libre cours à notre jeune imagination, nous avons parlé du temps où nous vivrions dans le monde ; nous avons caressé de douces chimères, et fait de beaux rêves de bonheur.

— C'est singulier ! j'ai beau interroger mes souvenirs, je ne me rappelle pas...

— Ah ! c'est que le malheur flétrit le visage, change et altère les traits ; je vais vous rappeler un incident bien léger que je n'ai point oublié cependant, et qui vous aidera peut-être dans votre recherche.

« C'était un jour de sortie, et la beauté du temps ajoutait encore à la satisfaction qu'éprouvaient les jeunes pensionnaires d'avoir quelques heures de liberté ; pour une faute peu grave cependant, j'étais condamnée à rester à la pension. Je regardais en pleurant mes compagnes s'éloigner avec leurs parents. L'une d'elles passait gaie et radieuse, quand la vue de mes larmes l'arrête soudain ; elle vient à moi, s'informe du sujet de ma douleur ; puis retournant aussitôt sur ses pas, elle retarde son bonheur de quelques instants pour aller trouver nos maîtresses, et leur demander ma liberté comme le prix de sa bonne conduite et de ses progrès. Quelques instants après, grâce à sa généreuse intervention, les portes de la pension s'ouvraient devant moi, et mon vieux père voulut aller remercier lui-même l'aimable jeune fille. Vous rappelez-vous ce fait, madame ?

— Je me souviens, en effet ; mais c'était là une démarche bien simple et bien naturelle de ma part ; vous êtes donc Georgine Danglas !

— Justement !

Madame Dombasle prit dans ses mains celles de Madame Berthold, et les pressa avec effusion.

— Hé quoi ! s'écria-t-elle, nous avons donc pendant plusieurs années vécu sous le même toit, partagé la même existence; ah ! béni soit le Ciel qui m'a inspiré de venir vers vous, qui m'a donné le moyen d'adoucir votre infortune ; maintenant que vous avez éclairé mes souvenirs, toutes les particularités qui vous concernent me reviennent à l'esprit. Vous n'aviez plus de mère ; votre père était un riche négociant dont vous étiez l'unique enfant ; le luxe vous entourait, tous vos désirs étaient satisfaits, et l'avenir paraissait vous sourire. Comment se fait-il donc?...

— Ah ! reprit le malade, c'est son union avec moi qui a causé son malheur.

— Ernest ! s'écria la jeune femme avec expression, ne parlez pas ainsi ; est-ce votre faute à vous, si vous avez été indignement trompé ; je n'ai jamais eu l'idée de regretter d'avoir pris pour époux un homme honnête, loyal et bon comme vous ; d'ailleurs, il y a encore pour moi dans ce monde des joies douces et profondes, c'est la vue de nos chers enfants, c'est la pensée que là où bien d'autres eussent failli, mon mari a su rester irréprochable.

Madame Dombasle écoutait avec émotion ce généreux débat ; elle l'interrompit en disant :

— Pourrais-je, sans indiscrétion, vous prier de me confier le récit de vos malheurs ? croyez-le bien, l'intérêt seul que je vous porte m'engage à vous faire cette demande.

— J'en suis persuadée, madame ; mon intention n'était nullement de vous laisser ignorer les circonstances qui nous ont amenés ici ; vous verrez comment la destinée s'est montrée cruelle à notre égard. Vous vous rappelez, m'avez-vous dit, mon bon père et la tendresse qu'il avait pour moi ; j'eus la douleur de le perdre peu de temps après ma sortie de pension ; et, quelques mois plus tard, j'épousai monsieur Berthold, le fils d'un de ses amis, auquel il m'avait fiancé lui-même avant sa mort ; c'était un négociant dont la fortune était à peu près égale à la mienne.

— Berthold ! avez-vous dit, s'écria madame Dombasle.

— Mais oui ; ce nom vous est-il connu ?

— Non, pas précisément ; mais tenez, mes amis, voilà dans quelles circonstances il a frappé mon oreille ; vous le savez, au sein de l'existence la plus heureuse en apparence, il est parfois des douleurs ignorées.

« Mon mari est un homme juste et bon, mais d'un aspect froid et d'un caractère peu expansif ; il a par moments des accès de mélancolie, et je lui ai entendu alors murmurer avec une sombre expression le nom de Berthold, comme si ce nom se rattachait à un des tristes souvenirs de sa vie.

— Il s'agit d'un autre, sans doute, reprit le malade, car je n'ai de reproches à me faire envers qui que se soit ; je n'ai été coupable que d'une trop grande confiance envers un homme qui ne la méritait pas. Ah ! si monsieur Dombasle ne s'était pas trouvé sur mon chemin dans la vie, je serais maintenant riche, heureux, considéré.

— Voilà qui est de plus en plus étrange ; il n'y a pas en douter ; un lien mystérieux unit nos deux familles, car vous venez de prononcer le nom de mon mari.

— Edmond Dombasle !

— Edmond Dombasle est son frère.

— Ah ! c'est le scélérat le plus infâme que la terre ait jamais porté.

Madame Dombasle pâlit, et son front se pencha vers la terre ; ces mots l'avaient frappée au cœur. Elle venait d'entrevoir un triste secret qui couvrait de honte le nom que portaient ses enfants.

— Expliquez-vous, murmura-t-elle avec angoisse, qu'y a-t-il de commun entre Edmond Dombasle et vous ?

— Ah! dit monsieur Berthold d'une voix étouffée, ma ruine est son ouvrage ; lui seul est cause du malheur de ma famille ; il a agi à mon égard avec la plus insigne déloyauté ; il a foulé aux pieds toutes les lois de la probité ; vous allez en juger, madame. En succédant à mon père dans sa maison de commerce, j'eus le malheur de m'associer à Edmond Dombasle qui sut m'éblouir par des mots pompeux, par de faux semblants de bonne foi et de loyauté. Son goût pour le plaisir et la dissipation aurait dû m'éclairer, m'inspirer de la défiance, mais il était maître de capitaux assez considérables, il appartenait à une famille honorable, et j'avais toute confiance en lui. Pendant que je m'occupais du placement des marchandises, il surveillait la recette et la comptabilité ; et les relations les plus cordiales existaient entre nous. Un jour, sans que rien ait pu me faire présager un pareil événement, j'apprends tout à coup que mon associé a disparu emportant toutes les valeurs qui se trouvaient dans notre caisse. C'était un coup de foudre pour moi ; cette nouvelle se répandit rapidement, et les demandes de paiement m'assaillirent de toutes parts. L'opinion publique, parfois si aveugle dans ses jugements, m'accusait d'être le complice d'Edmond Dombasle, tandis que je n'en étais que la victime. Cependant, mes calomniateurs durent bientôt reconnaître l'injustice de leurs accusations ; toutes les marchandises avaient été livrées sur la foi de ma signature ; je ne cherchai point à échapper par quelque moyen déloyal à la ruine qui m'attendait. Edmond Dombasle avait sans doute combiné depuis longtemps son infâme projet, car il avait choisi le moment où notre caisse renfermait des valeurs considérables ; un abîme s'ouvrait donc sous mes pas ; je sacrifiai ma fortune privée et la dot de ma femme pour satisfaire à mes engagements.

Un jour vint enfin, où tous mes créanciers furent intégralement payés ; mon honneur était sauvé, mais il ne me restait plus en partage que la pauvreté pour ma famille et pour moi, il nous fallait dire adieu à la douce et facile existence que nous avions menée jusqu'alors. Il me serait impossible de vous peindre tous les déchirements de mon cœur pendant cette cruelle époque de ma vie. Qu'étaient-ce que les privations matérielles qu'entraînait la perte de ma fortune, auprès de la ruine de mes espérances pour l'avenir de mes enfants, et de la perte des lieux qui me rappelaient les souvenirs les plus chers, car la maison paternelle, cette maison où j'étais né et où j'avais recueilli le dernier soupir de mes parents avait passé dans des mains étrangères. Je ne sais ce que je serais devenu alors, si Georgine, par son courage et sa résignation, ne m'avait soutenu au milieu de ces douloureux sacrifices. Quand toutes nos affaires furent terminées, nous résolûmes de quitter le Hâvre pour venir cacher notre infortune au milieu de la foule immense qui se presse dans cette grande cité. J'emportai plusieurs lettres de recommandation pour des négociants de Paris, chez lesquels j'espérais trouver un emploi, mais une sorte de fatalité semblait me poursuivre. Le bruit d'une guerre prochaine arrêtait les transactions commerciales ; celui sur lequel je comptais le plus s'était retiré des affaires ; les autres me répondirent qu'à leur grand regret, ils n'avaient point de place à me donner, et après de nombreuses et infructueuses recherches, je rentrais chaque soir plus abattu, plus découragé. La sombre tristesse empreinte sur mon visage n'était sans doute point étrangère aux refus que j'essuyais. L'aspect du malheur est à charge aux heureux de ce monde, on le repousse, on l'écarte avec effroi. Pardon, madame, de parler devant vous avec tant d'amertume; je ne suis point injuste envers la société; il est, je le sais, quelques ames généreuses qui honorent l'humanité; mais je n'eus point alors le bonheur d'en rencontrer. Après avoir ainsi lutté contre l'adversité, je tombai gravemeut malade, plusieurs mois je languis sur un lit de douleurs, épuisant ainsi nos dernières ressources, et, depuis quelques semaines, nous n'avons dû notre subsistance qu'au travail assidu, opiniâtre de cette pauvre Georgine. »

Il est facile de s'imaginer avec quelle douloureuse surprise madame Dombasle avait écouté ce récit; pour une ame comme la sienne, quelle pensée déchirante que celle de l'abaissement où était tombé le frère de son époux! Quel spectacle que celui de l'homme à qui Edmond Dombasle avait ravi du même coup la santé, la fortune et le bonheur! Monsieur Berthold avait fini depuis quelques instants, que le silence régnait encore dans la pauvre chambre; madame Dombasle attachait sur la terre un regard tout imprégné de larmes. Cependant, elle releva enfin la tête ; elle avait prié, et Dieu lui avait envoyé une sublime et consolante pensée, qui avait apaisé soudain l'orage tumultueux qui grondait dans son cœur. Elle se tourna vers monsieur Berthold.

— Monsieur, lui dit-elle, ne voyez-vous pas ici le doigt de la Providence ; ah ! ce n'est pas le hasard qui m'a conduite dans cette demeure, qui a fait naître dans mon cœur une sympathie si profonde pour des infortunés qui m'étaient inconnus. Quand je dirigeai mes pas vers votre maison, j'étais loin de me douter que des liens de cette nature existassent entre nous, et pourtant une voix secrète, impérieuse, me pressait de venir à vous, d'essayer d'adoucir vos souffrances : c'est que le Ciel lui-même voulait me montrer le grand devoir que j'ai à accomplir, car c'est à nous de réparer autant que possible le mal qu'Edmond Dombasle vous a fait. Je ne connais point ce malheureux ; mon mari m'en a rarement parlé ; il y avait sans doute entre eux des dissentiments profonds et une différence trop grande dans leur manière de voir ; mais je suis sûre que ces tristes événements ne l'auront pas moins péniblement impressionné ; c'est là la cause de ses sombres préoccupations, et il me les aura cachées pour m'épargner cette douleur. Il ignore, j'en suis certaine, votre situation, votre retraite, car sans cela il serait déjà venu vers vous ; aujourd'hui même, je m'en vais l'en instruire.

— De grâce, reprit madame Berthold, n'implorez pas pour nous la pitié du frère d'Edmond Dombasle.

— Vous êtes cruelle, madame ! Envelopperiez-vous sa famille dans le juste mépris que vous avez pour celui qui vous a trompés ; mon mari n'a rien de commun avec lui dans les sentiments ; c'est un homme probe et désintéressé.

— Je le crois, madame ; ah ! sans cela, serait-il digne d'être votre époux ? mais comment donc avez-vous été amenée vers nous ?

— Demandez-le à cette aimable enfant dont les vertus naissantes doivent vous faire oublier vos malheurs ; voilà, continua-t-elle en tirant un paquet de dessous son bras, voilà le faible instrument dont la Providence s'est servie pour nous rapprocher.

— La poupée de Noémie! s'écria madame Berthold ; comment donc est-elle entre vos mains? Pour rien au monde, je n'en aurais demandé le sacrifice à cette chère enfant ; je la voyais passer de longues heures à l'habiller, à la déshabiller ; c'était sa seule joie, et la pensée ne me serait pas venue de la lui ôter.

— Eh bien! madame, d'elle-même, elle a voulu l'abandonner, et c'est la marchande, qu'elle avait chargée de la vendre, qui m'a parlé de vous les larmes aux yeux, car dans son naïf bon-sens, elle avait deviné l'intérêt que vous méritez.

— Pauvre mère Benoît ! dit madame Berthold en souriant, moi qui l'ai si souvent accusée de curiosité et de bavardage, moi qui lui répondais toujours avec si peu d'aménité ! Voilà pourquoi Noémie a voulu se défaire de son jouet de prédilection, c'était pour faire briller un instant de joie dans notre triste existence, pour m'offrir des fleurs le jour de ma fête.

Et, en disant ces mots, elle montrait à madame Dombasle les bouquets de fleurs et le joli rosier.

— Aimable enfant! dit la jeune femme en pressant Noémie sur son cœur ; mon plus cher désir est que tu deviennes dès ce jour la compagne inséparable de mon Eveline ; elle aussi a un bon cœur ; car elle n'a pas voulu se servir de cette poupée, elle te la rapporte et se réjouissait de te voir.

— Oui, oui, s'écria l'enfant en enlaçant Noémie de ses petits bras, je t'aime déjà bien, tu viendras chez nous, et nous jouerons ensemble avec la poupée.

— Nous ne sommes pas justes, reprit madame Dombasle en montrant Julien, nous oublions quelqu'un qui a aussi des droits à nos éloges, c'est ce gentil petit chérubin qui a abandonné sa bergerie.

— Hé quoi ! tu t'es séparé des moutons que tu aimais tant, s'écria sa mère en couvrant son front de baisers ; ah ! mes chers petits amis, comment vous témoigner ma tendresse, ma reconnaissance ! comment vous rendre aussi heureux que vous le méritez !

— Ils le seront désormais, dit madame Dombasle ; ayez confiance en l'avenir ; les mauvais jours, j'en ai l'espérance, sont passés pour vous. Mais, continua-t-elle en se levant, il est temps que je m'éloigne ; j'ai découvert dans cette maison un secret qui devrait me remplir l'ame de douleur, et pourtant j'en emporte un sentiment délicieux : c'est que j'ai eu sous les yeux un spectacle d'union, de générosité, de dévouement qui m'a fait éprouver les émotions les plus douces que j'aie goûtées de ma vie.

Avant de se retirer, madame Dombasle pressa encore avec effusion les mains de madame Berthold, et les deux époux suivirent d'un regard ému l'ange consolateur que la Providence leur avait envoyé.

Cependant, madame Dombasle avait la ferme intention de poursuivre la réalisation de son généreux projet, mais il lui en coûtait de raviver dans le cœur de son mari un souvenir pénible, en lui parlant du drame où son frère avait joué un rôle si odieux. Le soir de ce jour, elle réfléchissait donc aux moyens qu'elle devait prendre pour concilier les désirs de son cœur et ses devoirs envers son époux, quand, en jetant les yeux sur l'autre extrémité du salon, elle vit Eveline, sur les genoux de son père, lui parler avec volubilité, et accompagner son récit de gestes expressifs.

— Oui, papa, disait-elle, nous avons été

dans une chambre bien petite, encore plus petite que celle où je serre mes jouets, et il y avait là deux enfants bien gentils. C'était la fête de leur maman, et ils lui avaient donné des bouquets et un beau pot de fleurs. Elle en était contente; quand on n'en a pas, cela fait grand plaisir; qu'est-ce que cela ferait à notre voisin, monsieur Vilmare, qui en a ses serres remplies?

— Voilà une réflexion juste, mon petit lutin, mais qui dérange le fil de ta narration; tu me disais donc qu'on a souhaité la fête à la maman?

— Oui, et nous sommes ensuite arrivées; dame! on ne voulait pas trop nous recevoir; la mère Benoît a eu de la peine à nous introduire.

— Qu'est-ce que la mère Benoît?

— Mon Dieu! fit l'enfant avec un petit geste d'impatience, vous n'êtes pas au courant de l'histoire; c'est elle qui m'a vendu hier la fameuse poupée.

— Quelle poupée?

— La poupée de la petite fille; elle aimait bien encore à jouer; elle me l'a dit tout bas hier; mais elle avait vu sa maman pleurer, et travailler bien tard; d'ailleurs, elle voulait lui donner des fleurs le jour de sa fête, parce qu'elle en avait tant autrefois... je crois presque autant que notre voisin. Enfin, je n'ai plus la poupée; elle me plaisait bien; mais j'en avais plusieurs autres; elle n'avait que celle-là; ce n'était pas juste, n'est-ce pas, de la garder?

— Non certes! fit monsieur Dombasle en souriant, et ta mère et toi vous avez donc été voir cette famille.

— Oui, oui, j'ai embrassé la petite Noémie, maman a embrassé la dame, et tout le monde a pleuré; maman a dit qu'elle n'oubliera jamais cette journée.

Madame Dombasle s'approchait alors.

— Qu'y a-t-il donc? lui dit son mari; cette enfant est tout impressionnée; son imagination travaille; on dirait qu'elle a assisté à un drame.

— Effectivement, mon ami, nous avons été témoins d'un drame d'autant plus touchant que c'est un drame de la vie réelle.

— Comment ne m'en as-tu pas encore parlé?

— Ah! reprit gravement la jeune femme, c'est que j'hésitais à le faire, et c'est qu'il faut pour cela que nous soyons seuls, sans témoins.

Ces paroles et le ton dont elles étaient prononcées excitèrent vivement l'inquiétude de monsieur Dombasle.

— C'est donc quelque chose de sérieux, quelque chose qui nous concerne, s'écria-t-il en se levant précipitamment ; de grâce, ne me fais pas languir plus longtemps.

Madame Dombasle donna alors à sa fille l'ordre de se retirer ; puis, s'asseyant sur un sofa, elle indiqua à son mari une place à ses côtés. Il était grave, anxieux ; elle, émue et tremblante. Quand leur entretien fut terminé, des pleurs mouillaient les yeux de la jeune femme, mais c'était l'émotion seule qui les faisait couler, et le visage de son époux avait une expression plus calme, plus sereine que d'ordinaire. Grâce aux touchantes et persuasives paroles de madame Dombasle, leurs ames s'étaient unies dans un généreux élan, et ils s'étaient promis de réparer envers l'intéressante famille les torts de leur coupable frère.

Quelques jours plus tard, la famille Berthold était installée dans une jolie maison voisine de celle qu'occupait monsieur Dombasle. L'air pur qu'il respirait, l'aisance qui l'entourait, et surtout le calme revenu dans son esprit rendirent promptement la santé au malade. Quand ses forces furent revenues, monsieur Dombasle lui offrit une place avec une part de bénéfices dans l'entreprise qu'il dirigeait. Cette bonne action, loin de diminuer sa prospérité, fut féconde pour lui en heureux résultats, car il s'était adjoint ainsi un associé actif, consciencieux et intelligent.

Madame Dombasle trouva dans madame Berthold une amie dévouée, dont la société vint remplir le vide que faisaient parfois autour d'elle le caractère peu expansif et les nombreuses occupations de son époux. Toutes deux, douées d'une piété sincère et profonde, n'avaient qu'un seul but, l'accomplissement de tous leurs devoirs d'épouse et de mère ; aussi, leurs enfants grandirent-ils sous leurs yeux parés des grâces de leur âge et des plus aimables vertus. Noémie et Eveline devinrent deux jeunes filles charmantes, et restèrent unies par les liens d'une tendre amitié. Elles se quittaient rarement, et l'on eût pu croire qu'elles étaient sœurs ; il y avait pourtant dans leur physionomie, dans leur attitude, une expression différente ; on admirait dans Eveline son aimable enjouement, cette gaieté naïve que donnent l'habitude du bonheur et les fraîches illusions de la jeunesse. Son esprit était brillant, ses traits fins et délicats, et ses mouvements pleins de grâce et de vivacité. Quant à Noémie, c'était la jeune fille pieuse, modeste, chez laquelle des idées plus sérieuses se mêlent déjà aux joies naïves de l'adolescence ; le malheur avait, dès l'âge le plus tendre, marqué sur elle son empreinte salutaire, et les mots de résignation, de courage et de dévouement, qui, dans son enfance, avaient retenti à ses oreilles, avaient donné à ses pensées une teinte grave et réfléchie, qui n'excluait pourtant ni l'amabilité ni la sérénité d'humeur. Toutes deux avaient l'ame généreuse, et voulaient le bien avec une égale ardeur ; mais dans l'exécution d'une bonne action, Noémie l'emportait par sa persévérance, et elle se laissait moins distraire par le tourbillon des choses vaines et frivoles. Madame Dombasle aimait Noémie de tout son cœur ; Eveline était chérie de madame Berthold, et jamais aucun nuage ne troublait l'union des deux familles.

Quant à Edmond Dombasle, il avait cherché un refuge dans le Nouveau-Monde ; après avoir dissipé follement les richesses qu'il avait si injustement acquises, il termina au sein de l'opprobre et de la misère une existence qui aurait pu être heureuse et honorée, s'il n'avait point cédé à ses mauvais penchants et à de perfides conseils. Toutefois, avant sa mort, Dieu lui fit une grâce suprême ; il lui envoya le repentir : c'est que jamais Eveline et sa mère n'oubliaient d'invoquer la clémence divine pour le malheureux coupable, et la prière des cœurs purs monte toujours vers le ciel comme un encens d'agréable odeur.

LA RÉCONCILIATION.

C'était pendant un des premiers jours du mois de septembre, de ce mois si cher aux écoliers qu'il ramène au sein de leur famille, et qu'il soustrait, pour quelque temps du moins, à l'inquiète surveillance de leurs maîtres.

Dans une des plus jolies maisons du village de Nasceuil, situé non loin d'Orléans, trois enfants se trouvaient réunis dans une salle basse, meublée avec une simplicité pleine de bon goût et d'élégance. La ressemblance de leurs traits, comme de l'expression de leur physionomie, indiquait assez les liens de parenté qui les unissaient.

L'aîné pouvait avoir douze ans environ; c'était un jeune garçon aux cheveux châtains, au visage intelligent et doux; un chevalet était placé devant lui, et il s'occupait à dessiner. Une petite fille d'une dizaine d'années tenait un ouvrage de broderie à la main, tandis qu'une gracieuse enfant de cinq ans, blonde, fraîche et souriante, tricotait sous la direction de sa sœur.

Malgré les occupations auxquelles ils se livraient, leur conversation paraissait vive et animée.

— Ah! Hyppolite, disait avec un soupir l'aînée des deux petites filles, quelle différence de ces vacances ici avec les autres, où nous passions une grande partie de notre temps avec nos cousins et nos cousines! Comme les jours s'écoulaient rapidement! comme nous étions heureux alors!

— Oui, Marie! Comme toi, je déplore bien amèrement cette malheureuse brouille; et je donnerais tout au monde pour la faire cesser; ce serait un bien beau jour pour moi, si je voyais se réconcilier mon père et mon oncle.

— Se réconcilier! y penses-tu? c'est impossible! n'y a-t-il pas eu entre eux un procès?

Un procès! je ne comprends pas bien ce mot, mais ce doit être quelque chose de grave; car j'entendais monsieur Frévat dire que quand deux hommes ont plaidé devant un tribunal, ils sont presque toujours ennemis pour la vie.

— Il n'en peut pas être ainsi entre deux frères; est-ce que les mêmes liens qui nous unissent ne les unissent pas aussi? N'ont-ils pas été élevés ensemble? n'est-ce pas la même mère qui a pris soin de leur enfance? Comment la haine peut-elle subsister devant de telles pensées? pour moi, il me semble que je ne pourrais pas t'en vouloir seulement pendant un jour.

— Ah! reprit malicieusement la petite fille, tu as donc oublié ce fameux jour où j'ai cassé ton écritoire de porcelaine; tu m'as boudée toute la soirée, et tu es même allé te coucher sans m'embrasser.

— Aussi, ai-je mal dormi toute la nuit, et il me tardait de voir arriver le jour pour venir te dire: Allons, petite sœur, faisons la paix, tout est oublié. C'est que, vois-tu, je tenais beaucoup à cette écritoire, c'était un des derniers présents de maman.

— Et moi, je ne l'avais pas brisée avec intention.

— Je le sais ; mais on ne réfléchit pas toujours, on se laisse aller à son premier mouvement, et on le regrette ensuite. D'ailleurs, il y a bien longtemps de cela ; c'était l'année dernière. Quand nous serons grands, continua-t-il avec expression, quand nous vivrons séparés dans le monde, si j'avais contre toi quelque ressentiment, je songerais à notre chère maman qui nous baisait l'un après l'autre, qui nous confondait dans sa tendresse, et il serait bientôt effacé ; et toi, Marie, n'en serait-il pas de même?

— Il me le semble aussi, ah ! crois-le bien, autant que toi je désire un rapprochement entre mon père et mon oncle, mais je n'ose l'espérer.

Cette conversation fut interrompue par l'arrivée d'un homme jeune encore, à la physionomie triste et grave. A l'aspect des enfants, un sourire éclaira son visage, et il promena un regard empreint d'une indicible satisfaction sur le groupe charmant qui s'offrait à lui. C'était monsieur Justin Dormeuil, le père des trois enfants ; il venait leur proposer une promenade champêtre, qui fut acceptée avec empressement.

Laissons-les s'éloigner pendant quelques instants, pour faire rapidement connaître à nos lecteurs la famille dans laquelle nous venons de les introduire. Monsieur Dormeuil était un des plus riches propriétaires du village ; c'était un homme plein de bienveillance, de droiture et de franchise ; mais, malheureusement, il s'abandonnait trop facilement à ses premières impressions, et il avait dans le caractère cette opiniâtreté, que l'on prend parfois pour de l'énergie, et qui n'est au contraire que l'indice de la faiblesse. Il avait eu le bonheur d'associer à sa destinée une femme douée des plus aimables qualités du cœur, et d'une grande supériorité d'esprit.

Elle avait su prendre sur son époux un ascendant dont elle ne s'était servie que pour éveiller dans son ame de généreuses aspirations. Monsieur Dormeuil avait joui pendant quelques années d'une félicité sans nuages. Les liens d'une profonde et mutuelle affection l'unissaient à sa jeune femme, et les trois enfants que le Ciel leur avait donnés grandissaient sous leurs yeux, sans qu'il fût besoin de confier à des mains étrangères le soin de leur éducation. Madame Dormeuil se réservait la noble tâche de former leurs cœurs, de cultiver leur intelligence, et grâce à la douce et salutaire influence qu'elle exerçait sur eux, leurs ames naïves s'ouvraient aisément à tous les bons sentiments. Mais le bonheur ici-bas n'est souvent qu'un fugitif éclair qui s'évanouit rapidement. Dans toute la force de l'âge encore, madame Dormeuil fut atteinte d'une de ces maladies cruelles qui conduisent lentement vers la tombe la victime qu'elles ont frappée. La pauvre mère ne se fit pas longtemps illusion sur la gravité de son état; elle reconnut bientôt, dans le mal qui l'avait frappée, tous les symptômes d'une de ces affections de poitrine qui ne pardonnent jamais; elle comprit que tout était fini pour elle en ce monde.

Qui pourrait dire tout ce qu'il y a de douleur dans le cœur d'une mère à la pensée d'abandonner pour toujours les enfants qui lui doivent l'existence? Et ces angoisses devaient être bien cruelles pour madame Dormeuil, dont la sensibilité était si vive, l'amour maternel si tendre et si profond; mais, pieuse et résignée, elle se soumettait avec courage aux volontés de la Providence, et demandait à la prière un allégement à ses souffrances.

Hippolyte comptait alors dix ans ; elle avait supplié le curé du village de l'admettre, malgré son âge, à faire sa première communion ; elle voulait, avant de mourir, avoir la consolation de voir un de ses enfants s'asseoir au banquet des Anges. Elle avait pu assister ce jour-là encore aux cérémonies de l'Eglise, et ç'avait été un spectacle bien touchant que celui de cette femme pâle, et courbée déjà vers la tombe, suivant d'un regard voilé de larmes l'enfant qu'elle ne pourrait pas guider dans la vie, et sur lequel elle appelait les plus abondantes bénédictions du Ciel.

Sa prière avait été exaucée sans doute, car dès ce jour, une transformation rapide s'était accomplie dans le caractère d'Hippolyte ; d'espiègle, d'étourdi qu'il était, il était devenu sérieux, réfléchi, et il avait donné des preuves d'une sensibilité bien rare à son âge.

Au milieu de ses douleurs, madame Dormeuil reposait avec satisfaction sa pensée sur les vertus naissantes de son cher Hippolyte ; mais cependant, il est dans le monde pour les jeunes gens tant d'écueils où leur innocence vient se briser, qu'elle les redoutait pour lui. Aussi, pendant un des derniers jours de sa vie, elle l'appela seul auprès de son lit de souffrance; elle lui rappela les conseils qu'elle lui avait donnés en le suppliant de ne jamais les oublier. Elle lui parla de son père, dont il devait être la joie, la consolation ; de ses sœurs, qui devaient trouver en lui un ami, un protecteur ; et ces exhortations touchantes, derniers témoignages de tendresse d'une mère bien-aimée, s'étaient gravées profondément dans l'esprit d'Hippolyte.

Cependant, quand Justin Dormeuil eut vu s'éteindre l'aimable compagne de sa vie, il fallut éloigner de lui ses enfants dans l'intérêt de leur éducation : ce fut alors que Marie et son frère furent placés dans une pension de la ville voisine. Julia, qui comptait trois ans à peine, resta auprès de son père, que ses caresses naïves pouvaient seules arracher parfois à ses sombres préoccupations.

Monsieur Justin Dormeuil n'avait qu'un frère qui habitait le même pays; tant qu'avait vécu madame Dormeuil, grâce à sa douce et salutaire influence, l'harmonie la plus parfaite avait existé entre eux, et des relations pleines de cordialité et d'intimité avaient répandu un grand charme sur la vie des deux familles. Mais, comme nous l'avons vu, un fâcheux incident avait détruit leur union, et transformé les deux frères en ennemis irréconciliables.

Cette rupture avait fait grand bruit dans le pays ; chacun avait pris parti pour l'un ou pour l'autre. La vérité nous oblige à dire que, comme il arrive ordinairement en pareil cas, les torts étaient partagés, et que chacun d'eux avait manqué de générosité et de modération.

En effet, un an environ après la mort de sa belle-sœur, monsieur Maurice Dormeuil avait projeté des agrandissements à ses jardins, pour lesquels une portion de terrain, appartenant à son frère, lui était nécessaire ; il lui avait proposé d'en faire l'acquisition. Monsieur Justin, aigri par le malheur, et guidé d'ailleurs par des conseils perfides, s'y était obstinément refusé, sous prétexte qu'il ne voulait point aliéner sa propriété. Son frère exaspéré avait prétendu alors qu'il y avait eu erreur dans le partage fait entre eux, et il l'avait réclamée comme lui appartenant. Des insinuations malveillantes avaient ajouté au mécontentement de monsieur Justin ; il avait répondu par des paroles blessantes à la réclamation de son frère qui avait voulu faire valoir devant les tribunaux ses prétendus droits. La justice s'était prononcée en faveur de monsieur Justin Dormeuil, et monsieur Maurice en avait conçu une violente irritation contre lui. Vainement le curé de la paroisse et des amis communs avaient essayé de s'interposer entre eux ; toute tentative de rapprochement était demeurée inutile, et les enfants, à leur retour de la pension, avaient vivement regretté d'être privés des caresses de leur tante, ainsi que de la société de leurs cousins et de leurs cousines, dont l'âge se rapprochait beaucoup du leur. Monsieur Maurice avait quatre enfants : Lucie, sa fille aînée, était du même âge qu'Hippolyte ; Adrien avait dix ans ; Amélie, sa seconde fille, en comptait huit, et André, le plus jeune, était né la même année que la petite Julia, dont il avait un grand plaisir à partager les jeux. Tous les quatre, sans être exempts des défauts de leur âge, avaient un caractère aimable, et un cœur excellent, aussi était-ce avec une peine bien vive que Marie et Hippolyte avaient dû renoncer à s'acheminer vers cette maison, où ils avaient goûté de si agréables instants.

Revenons maintenant à monsieur Dormeuil et à ses enfants, que nous avons vus s'éloigner de leur habitation. Ils avaient suivi d'abord un chemin sinueux, serpentant entre une rivière aux eaux limpides, et des prairies émaillées de fleurs aux vives nuances. Tandis que Marie et Julia, se tenant par la main, folâtraient gaiement en avant, Hippolyte s'était placé à côté de son père, et cheminait en causant avec lui. Au moment où ils passaient auprès d'un enclos planté d'arbres, et appartenant à monsieur Maurice, de joyeux éclats de rire parvinrent jusqu'à eux. Ils détournèrent la tête, et virent madame Dormeuil, accompagnée de ses enfants, qui s'ébattaient gaiement sur le gazon. Ceux-ci aperçurent aussi leurs cousins, et poussèrent une vive exclamation de surprise et de plaisir. André même, avant que sa mère eût pu l'apercevoir et le retenir, se mit à courir dans la direction de son oncle, et bientôt il fut dans les bras de Julia, de Marie, d'Hippolyte qui couvraient de baisers ses joues roses et fraîches; mais une voix sévère retentit alors, appelant : « André! André! » et le pauvre enfant, tout étonné, dans sa naïve simplicité, qu'on lui défendit ce jour-là ce qu'on lui permettait naguère, courut rejoindre sa mère, aussi vite que ses petites jambes le lui permirent.

Ce petit incident avait produit chez monsieur Dormeuil et ses enfants une sensation pénible, et Hippolyte jugea le moment opportun pour entamer un sujet qui lui tenait tant à cœur, et qu'il n'avait point encore osé aborder avec son père.

— Pauvre André! s'écria-t-il; il ne sait pas qu'il n'en est plus maintenant comme autrefois. Ah! mon bon père, combien nous voudrions voir disparaître l'inimitié qui existe entre mon oncle et vous! C'est notre plus vif désir, et il dépend de vous de le réaliser; je vous en conjure, réconciliez-vous avec lui; c'est dans l'intérêt de votre bonheur que je vous le demande, car il me semble qu'on ne peut être heureux que quand on est en paix avec soi-même et avec les autres.

Hippolyte parlait avec chaleur; mais il s'arrêta tout à coup en voyant le regard sévère que monsieur Dormeuil attachait sur lui.

— Mon enfant, lui dit-il d'une voix grave, il est dans la vie des situations pénibles qu'à votre âge on ne comprend pas bien encore ; vous êtes trop jeune pour apprécier les motifs qui s'opposent à tout rapprochement entre votre oncle et moi, et je vous croyais trop de délicatesse pour faire allusion à une circonstance si douloureuse pour moi.

Hippolyte rougit profondément ; il sentit qu'il s'y était mal pris, qu'il avait blessé son père ; de grosses larmes s'échappèrent de ses yeux, et tous deux gardèrent le silence pendant le reste de la promenade.

Cependant, le lendemain de ce jour, les enfants allèrent faire une visite à laquelle ils ne manquaient jamais, chaque fois qu'ils revenaient en vacance : c'était chez une vieille et excellente femme, nommée Marguerite, qui habitait seule une chaumière dans le village. Elle avait été longtemps domestique chez les parents de monsieur Dormeuil ; elle avait vu naître, elle avait élevé leurs enfants ; enfin, par ses bons et loyaux services, elle avait mérité d'être considérée, en quelque sorte, comme faisant partie de la famille. Quand elle avait quitté, pour se marier, la maison de ses maîtres, elle leur avait conservé la même affection ; et cette affection, elle l'avait reportée sur les enfants de Maurice et de Justin Dormeuil ; elle était fière de leurs bonnes manières, de leurs excellentes qualités, et c'était toujours avec une joie bien vive qu'elle les recevait dans sa modeste demeure.

Quand Hippolyte et Marie y entrèrent, ils aperçurent avec autant d'étonnement que de plaisir leurs cousins et leurs cousines assis auprès du lit de la vieille Marguerite, où la retenait une légère indisposition.

Bientôt, par un mouvement rapide et spontané, ils furent dans les bras l'un de l'autre, et s'abandonnèrent à toute leur joie, avec cette charmante ingénuité de l'enfance qui n'a point encore appris, par le contact du monde, à déguiser ses sensations. « Quel bonheur de nous revoir ! quelle heureuse rencontre ! » s'écriaient-ils tour à tour ; et c'était avec des pleurs dans les yeux que Marguerite contemplait le tableau qui s'offrait à elle.

— Allons, allons, s'écria-t-elle, en affectant

un air mécontent ; on m'oublie, moi, et pourtant Marie, Hippolyte, il y a bien longtemps que je ne vous ai vus, et j'ai bien des fois pensé à vous !

— Ah ! pardonnez-nous, reprirent les enfants en embrassant Marguerite à son tour ; nous avons tant de plaisir à retrouver nos cousins et nos cousines.

— J'en suis bien aise, allez ; je suis contente de voir que vous vous aimez toujours ; pauvres enfants ! Mais vous pouvez rester ici quelques moments ensemble ; vous devez avoir beaucoup de choses à vous dire.

— Oui, oui, s'écrièrent-ils ; et ils se groupèrent dans la modeste chambre ; la joie brillait dans leurs regards, et une douce émotion embellissait leurs gracieux visages. André avait grimpé sur les genoux de Marie ; Amélie serrait ses mains dans les siennes ; Adrien et Hippolyte s'étaient assis l'un auprès de l'autre, et la petite Julia se pressait contre Lucie, en la caressant de son plus charmant sourire. La confusion régna d'abord parmi eux ; tous voulaient parler à la fois ; on voyait qu'ils se hâtaient de savourer un plaisir qui devait avoir la durée de l'éclair, puis s'évanouir pour ne renaître jamais peut-être.

Ce fut Lucie qui rétablit le calme dans la petite assemblée : « Allons, mes amis, dit-elle, laissons notre cousin et notre cousine nous parler de leurs pensions, nous raconter tout ce qui leur est arrivé depuis notre séparation. »

— Ah ! reprit Marie, mon récit sera bien simple ; à la pension les jours se suivent et se ressemblent ; le travail, le jeu et la prière, se succédant mutuellement, et revenant aux mêmes heures, remplissent tout notre temps. Parfois, pendant les récréations, je suis gaie et joyeuse ; mais souvent aussi, et surtout le soir, quand tout repose autour de moi, j'ai des larmes dans les yeux en songeant à Nasceuil, et aux beaux jours où nous avions notre mère pour nous aimer.

— Oui ! nous la regrettons bien aussi ; pauvre tante ! elle était si bonne, si indulgente ; elle courait avec tant d'empressement au devant de tous nos désirs ! Jamais nous ne nous amusions mieux que quand elle-même présidait à nos jeux ; nous en parlons bien souvent encore.

— Ah ! reprit Hippolyte avec émotion, et vos parents vous le permettent.

— Je le crois bien ; souvent même, maman nous conduit prier sur sa tombe.

— Mon oncle ne s'y oppose pas.

— Non, non, reprit Lucie, bien au contraire ; il vénère sa mémoire, il déplore sa mort prématurée. Ah ! dit-il quelquefois, si elle avait vécu, les choses n'auraient point été ainsi.

En entendant ces mots, Hippolyte sentit l'espoir se glisser dans son cœur ; il lui semblait que le souvenir de sa mère était un lien qui rapprocherait tôt ou tard les deux frères.

— Allons, Marie, dit Amélie à son tour, dis-nous si tu as beaucoup d'amies.

— Parmi mes compagnes, il en est de gentilles, d'aimables dont je me rapproche plus souvent, avec lesquelles j'ai des relations plus intimes ; mais aucune n'a remplacé dans mon cœur mes premières amies, mes bonnes cousines.

— Nous non plus, reprit Amélie, nous ne t'oublions pas. Ainsi les filles du notaire Valneige viennent fréquemment à la maison ; nos parents favorisent nos relations avec elles, car sachant que nous vous regrettons toujours, ils s'efforcent de nous procurer sans cesse des distractions nouvelles. Elles sont douces, bien élevées, et pourtant souvent après leur départ nous nous disons : Qu'il y a loin du plaisir que nous éprouvons avec elles à celui que nous goûtions avec Hippolyte et Marie ; ah ! c'est que nous mettions tout en commun et nos joies et nos petits chagrins ; nous nous consolerions encore de votre éloignement, si nous pouvions vous écrire, et vous revoir chaque fois que vous revenez en vacances. J'oubliais de vous dire qu'Adrien va bientôt nous quitter ; lui aussi va aller en pension à la ville.

— Ah ! s'écria vivement Hippolyte, quel beau jour pour moi s'il venait me rejoindre ; je serais son protecteur, je le défendrais dans mille petites tracasseries que l'on fait subir aux nouveaux arrivés, enfin je le guiderais dans ses études.

— Il n'y faut pas songer, fit Marguerite en secouant la tête ; votre présence à Orléans est une raison pour que monsieur Maurice n'y mette pas son fils. Qui aurait dit cela pourtant quand ils étaient enfants ? ils s'aimaient tant alors ! Justin n'aurait pas fait un pas sans son frère aîné, et celui-ci ne songeait qu'à l'égayer, à le protéger. Il y a un jour que je me rappellerai toute ma vie; les enfants jouaient auprès de l'étang, dont on avait négligé de refermer la balustrade; Justin faisait sauter une balle élastique; tout à coup, elle tombe dans l'eau; il se penche pour la rattraper et disparaît avec elle. Ma pauvre maîtresse avait tout vu d'une des fenêtres de sa chambre; elle court vers l'escalier, mais elle est si émue qu'elle peut à peine marcher. « Mon Dieu! mon Dieu! s'écrie-t-elle, il est perdu, mon enfant! mon pauvre enfant! » Elle comptait sans Maurice; il avait entendu le cri de son frère; il s'était élancé dans l'eau. Quoique bien jeune encore, il était déjà vigoureux, il savait un peu nager; il le ramène à la surface de l'eau. A la nouvelle de l'accident, j'accourus bien vite; Justin était déjà sauvé, il avait repris connaissance, et c'était vraiment touchant de voir madame Dormeuil serrer tour à tour dans ses bras ses deux enfants, en disant à son petit Justin: « N'oublie jamais ce jour; aime toujours ton frère; sans lui tu n'existerais plus, et les larmes de joie que je verse en ce moment seraient des larmes de douleur. »

Les enfants, et surtout Hippolyte avaient écouté avec une attention profonde le récit de la vieille femme.

— Oui, je me le rappelle maintenant, reprit-il, mon père nous a autrefois raconté cette circonstance ; comment donc l'avais-je oubliée! Ah ! mes amis, peut-être reverrons-nous encore les beaux jours d'autrefois, mais il me faudra votre concours à tous.

— Tu peux y compter, s'écrièrent-ils tous en chœur ; dis-nous ton idée.

— Non, non, je veux être sûr d'abord de pouvoir la mettre à exécution ; alors je vous ferai part de mon projet.

— Il est temps de nous séparer, reprit Lucie ; une plus longue absence inquièterait notre mère ; nous ne savons quand nous nous retrouverons ensemble ; comment te sera-t-il possible de nous expliquer en quoi nous pourrons t'aider.

— Ne pouvons-nous pas nous rencontrer ici dans quelques jours.

— Il n'y faut pas songer ; ordinairement notre mère nous accompagne, lorsque nous venons chez Marguerite.

— Eh bien! savez-vous, j'écrirai un billet et je le placerai entre les branches du rosier blanc qui fleurit sur la tombe de ma mère.

« Pauvre mère! ce n'est point là profaner sa dernière demeure; nos intentions n'ont rien que de louable; je suis sûre que du ciel où elle est sans doute, elle nous approuve et nous bénit. »

— Je l'espère bien aussi, reprit Marie; c'est remplir ses dernières volontés que de tout tenter pour le bonheur de notre père; mais il est temps de nous retirer; ne sortons pas ensemble; on ne manquerait pas de le remarquer, et si nos parents le savaient, ils en seraient tristes et mécontents.

Les enfants firent leurs adieux à Marguerite, puis ils se séparèrent, non sans s'être donné encore des marques du plus touchant, du plus sincère attachement.

Les jours suivants Hippolyte passa de longues heures dans la chambre; il avait, disait-il, à se livrer à ses études; il lui fallait le calme, la solitude.

— Quel amour de la science! s'écriait parfois monsieur Dormeuil en souriant; quel garçon studieux le Ciel m'a donné là! nous en ferons un savant. Cher enfant, ajoutait-il, je suis heureux de te voir aimer le travail, mais tu es toute l'année courbé sur tes livres; profite de ce beau mois de septembre, qui va s'enfuir bien rapidement. Vois comme le soleil est radieux, comme toute la nature semble nous sourire; les fleurs nous envoient leurs derniers parfums; hâtons-nous d'en jouir; viens respirer l'air pur et salubre des champs.

Hippolyte se prêtait un moment au désir de son père, puis il regagnait avec empressement sa retraite solitaire, dont il défendait l'accès même à ses sœurs.

Cependant un jour vint où d'un air triomphant il écrivit un billet de quelques lignes, qu'il alla déposer à l'endroit convenu.

— Faites en sorte, disait-il, de vous trouver le vingt-six à une heure près de la petite porte du jardin; je vous introduirai par là, et j'espère que tout ira bien.

Le vingt-six était le jour de la fête de monsieur Justin; quand le repas de midi fut terminé, les enfants prièrent leur père de vouloir bien passer au salon. Tout avait revêtu un air de fête; de beaux bouquets parfumés s'étalaient dans les vases ; les rideaux étaient d'une éclatante blancheur.

Julia s'avança la première, et présentant à monsieur Dormeuil des bretelles confectionnées par elle :

— Veuillez, lui dit-elle de sa voix enfantine, veuillez accepter cet ouvrage de votre petite fille, et recevoir en même temps nos vœux pour votre bonheur. Nous vous aimons de tout notre cœur, et nous demandons chaque jour au bon Dieu de nous rendre bien sages pour vous faire plaisir, ainsi qu'à notre chère maman, qu'il a placée sans doute dans son beau paradis.

Monsieur Justin la pressa sur son cœur :

— Oui, oui, dit-il avec des larmes dans les yeux, vous êtes de bons enfants, et vous comblez de joie le cœur de votre père.

Marie vint alors offrir une jolie bourse, à laquelle elle avait apporté tous ses soins, puis elle ajouta :

— Comme je sais que vous aimez beaucoup la musique, j'ai étudié pour aujourd'hui une romance qui, je l'espère, vous fera plaisir.

Elle ouvrit alors son piano, et, s'accompagnant avec l'instrument, elle commença une douce et harmonieuse mélodie, qui célébrait le bonheur de la famille, les joies du foyer domestique. La jeune chanteuse n'était point encore initiée à tous les secrets de l'art, mais sa voix était si pure, si fraîche ; elle semblait si bien sentir les paroles que sa bouche exprimait, qu'elle trouvait facilement le chemin du cœur.

Hippolyte observait avec une attention profonde l'émotion qui se manifestait graduellement sur le visage de son père ; et il se tenait à l'écart confus, embarrassé :

— Allons, allons, mon garçon, lui dit monsieur Dormeuil en se tournant vers lui, je sais que tu n'es pas adroit comme Julia et Marie, que tu n'as pas comme elles de jolies choses à me donner, mais pourquoi ne t'avances-tu pas vers moi ? n'as-tu donc rien à me dire ?

— Oh ! que si ! mon bon père, reprit vivement Hippolyte ; mon cœur est si rempli des sentiments que j'éprouve, que je ne sais comment les exprimer ; puis, s'élançant vers un coin de l'appartement, où se trouvait un paquet assez volumineux, il vint en rougissant le déposer devant son père. Acceptez ce cadeau, lui dit-il, il vient d'un fils tendre et respectueux.

Monsieur Justin déploya le papier qui l'enveloppait, et bientôt la surprise la plus profonde se peignit sur sa physionomie ; c'était un tableau, d'une assez grande dimension, et qui représentait la scène que Marguerite avait retracée aux enfants. Il serait impossible de dire ce qu'il avait coûté au pauvre Hippolyte de travail et de peines ; il s'était aidé d'un portrait représentant son aïeule, et d'un médaillon reproduisant les traits de son père et de son oncle encore enfants ; mais il lui avait fallu disposer le lieu de sa scène, grouper ses personnages, leur donner l'attitude, l'expression convenable, et devant une pareille tâche Hippolyte avait senti plus d'une fois son courage défaillir ; il repoussait alors son chevalet loin de lui ; mais bientôt une idée nouvelle ranimait son ardeur ; il reprenait son crayon ; et, à force de travail, de persévérance, il était parvenu à rendre avec une vérité saisissante l'épisode qu'il voulait rappeler à son père. La figure de madame Dormeuil exprimait bien la joie, l'émotion, et Maurice jetait un regard empreint de tendresse et de fierté sur l'enfant qu'il venait d'arracher à la mort.

Hippolyte ne s'était pas trompé ; il avait fait vibrer dans le cœur de son père une corde sensible ; comment monsieur Dormeuil aurait-il pu ne pas se sentir ému à ce souvenir de son enfance, à la pensée de son fils si jeune encore, et qu'une idée généreuse avait, pour ainsi dire, transformé en un artiste? Mais on eût dit qu'il voulait se défendre contre l'attendrissement qui s'emparait de lui, et tournant vers Hippolyte une visage sérieux :

— Pourquoi, lui dit-il, pourquoi attrister ce jour en me rappelant le souvenir de mon frère?

— Pourquoi, mon père, ne le devinez-vous pas? ah! il dépend de vous de rendre la fête complète et pour nous et pour vous.

— Hippolyte, je te l'ai dit déjà ; ce que tu me demandes est impossible.

— Impossible! reprit l'enfant avec impétuosité ; ainsi, quand plus tard nous reporterons notre pensée sur les jours de notre enfance, nous y trouverons une profonde inimitié qui en a assombri toutes les joies, nous nous dirons : mon père n'avait qu'un frère, et il vivait comme un étranger pour lui. Qui donc alors empêchera la discorde d'entrer parmi nous?

qui nous empêchera d'oublier notre commune origine pour marcher seuls, isolés dans la vie?

Ces paroles frappèrent Justin Dormeuil; chose étrange! lui qui s'était familiarisé avec la pensée de vivre à jamais éloigné de son frère, il tremblait à la pensée que les liens d'amitié qui existaient entre ses enfants, pussent dans l'avenir être brisés.

Il réfléchit un instant.

— Que voulez-vous que je fasse? reprit-il lentement.... il est dans la vie de douloureuses nécessités; j'en souffre autant que vous... Irais-je m'humilier devant lui qui a eu des torts envers moi? irais-je lui tendre une main qu'il repousserait peut-être?

A cet instant, la porte d'un cabinet voisin s'ouvrit pour donner passage aux quatre enfants de monsieur Maurice Dormeuil qui se jetèrent aux pieds de leur oncle, en s'écriant:

— Non, non, il ne la repousserait pas; montrez-vous bon, généreux, pardonnez, pardonnez-lui; rendez-nous nos beaux jours d'autrefois.

La candeur, l'innocence prêtent à l'enfance un charme irrésistible; monsieur Dormeuil ne put résister à ce concert de voix suppliantes, qui l'invoquaient d'une manière si touchante.

— Eh bien! oui, s'écria-t-il, j'irai vers lui, je lui demanderai d'oublier nos mutuels mécontentements, de redevenir amis comme autrefois.

Une exclamation de bonheur accueillit ces paroles; et, comme pour s'enlever à lui-même le temps de la réflexion, monsieur Justin s'élança vers la porte.

Il marcha d'abord rapidement; mais lorsqu'il fut près de la maison de son frère, il s'arrêta un moment; il hésitait. Quelle figure allait-il faire? quelle contenance tenir? comment expliquer sa démarche? Il eut la pensée de revenir sur ses pas; mais il se rappela le sourire de bonheur qui avait éclairé le visage de ses enfants. Allait-il donc détruire leur espoir, anéantir leur joie?... Cette idée l'arrêta; et il continua sa marche.

Bientôt il tint le marteau de la porte; il frappa résolument; une servante vint lui ouvrir; elle recula d'un pas. Elle connaissait l'inimitié qui existait entre les deux frères, et nulle visite ne pouvait la surprendre davantage.

— Mon frère est-il ici? demanda Justin d'une voix brève.

Elle lui répondit affirmativement, puis l'introduisit dans un salon où personne ne se trouvait en ce moment.

Monsieur Justin Dormeuil était en proie à une agitation si vive, qu'il parcourait en tous sens l'appartement, en attendant l'arrivée de son frère. Son émotion redoubla encore, quand il entendit le bruit de ses pas.

Toutefois, il voulait aller droit au but, franchement, sans préliminaires, sans détours. Quand son frère parut, il lui tendit la main en disant :

— Assez longtemps nous avons été désunis ; je viens aujourd'hui t'apporter des paroles de paix, de réconciliation.

Il est des sentiments si profonds, si naturels qu'ils peuvent être un moment affaiblis, mais jamais effacés dans le cœur de l'homme ; aussi ce fut avec un affectueux et sincère empressement que Maurice serra la main qui lui était si généreusement tendue. Mais, après ce premier mouvement d'effusion, l'orgueil allait peut-être reprendre ses droits ; si la discussion s'engageait sur les causes de leur rupture, ni l'un ni l'autre n'était sans doute disposé à convenir qu'il avait eu tort, et tout le fruit de la démarche de monsieur Justin allait être perdu peut-être.

Les enfants l'avaient pressenti; ils avaient marché sur les pas de monsieur Dormeuil, et ils s'élancèrent pour sceller de leurs baisers la réconciliation des deux frères.

Marie, Hippolyte et Julia enlacèrent leur oncle dans leurs bras, tandis que les autres prodiguaient à monsieur Justin Dormeuil les marques de leur tendresse.

En présence de la joie si pure et si expansive des aimables enfants, il n'y avait plus de récriminations, plus de discussions possibles.

— Eh bien! s'écria monsieur Maurice, jetons un voile sur l'année qui vient de s'écouler; l'avenir nous appartient; faisons en sorte qu'il répare le passé.

Puis, se tournant vers sa femme qui accourait au comble de l'étonnement :

— Mon amie, lui dit-il, tu feras mettre quatre couverts de plus. Aujourd'hui, comme autrefois, nous dînons en famille.

Inutile de dire que la gaieté la plus franche

présida à ce repas ; la joie rayonnait sur tous les fronts. Les enfants de monsieur Dormeuil faisaient avec une grâce charmante les honneurs de la maison paternelle à leurs cousins, à leurs cousines, et ceux-ci savouraient avec délices le plaisir de se retrouver dans une demeure qui avait été si souvent témoin de leurs jeux d'enfant. Messieurs Justin et Maurice étaient obligés de s'avouer à eux-mêmes qu'ils n'avaient pas, depuis longtemps, goûté une satisfaction aussi douce, aussi complète.

Quand Hippolyte retourna au collége, il emmenait un nouveau compagnon d'études ; c'était son cousin Adrien, dont il avait promis d'être le guide et le protecteur.

L'année suivante, au commencement des vacances, monsieur Maurice voulut fêter le retour de son fils, et en même temps inaugurer les jardins nouveaux qu'il avait ajoutés à sa propriété, car son frère lui avait cédé spontanément la portion de terrain qu'il lui avait autrefois refusée avec tant d'obstination, et si un débat à cet égard s'était engagé entre eux, la générosité en avait fait tous les frais. Il réunit donc à un dîner la famille de son frère, et ses amis du voisinage ; après le repas, la société se dispersa dans les vastes jardins. La soirée était superbe, le ciel d'azur était parsemé d'étoiles ; une délicieuse fraîcheur avait succédé à la chaleur du jour, et l'air était imprégné des plus suaves parfums.

Monsieur Dormeuil avait réservé une surprise à ses convives ; à l'extrémité du jardin s'élevait un pavillon nouvellement construit, caché par des massifs de feuillage et de fleurs et qui était alors brillamment éclairé. A cette vue, un cri de surprise s'éleva de toutes parts ; la porte en était ouverte ; on s'y précipita bientôt. L'ameublement était original et élégant comme son architecture ; mais la muraille n'avait d'autre ornement qu'un tableau entouré d'un cadre doré.

Comme chacun s'en approchait avec curiosité, monsieur Justin s'avança :

— Mes amis, dit-il, vous vous demandez sans doute quel est ce tableau qui occupe ici la place d'honneur ; vous croyez peut-être que c'est un de ces chefs-d'œuvre rares que l'on couvre d'or ; détrompez-vous. Il n'est point d'un artiste, et pourtant aux yeux de mon frère comme aux miens il n'en est pas qui soit digne de lui servir de pendant.

« Voici en quelques mots son histoire. Vous connaissez tous l'inimitié qui a existé entre mon frère et moi ; vous l'avez vu cesser sans en connaître les motifs, eh bien ! ce tableau est un instrument dont la Providence s'est servie sans doute pour ramener la concorde entre nous. Il est l'ouvrage de mon fils : difficultés de tout genre, travail, fatigue, rien n'a rebuté le pauvre enfant, animé par le but qu'il poursuivait. Un jour enfin, il est venu tout ému déposer à mes pieds cette toile où, à force de peine et d'efforts, il était parvenu à retracer un souvenir d'enfance qui devait faire impression sur mon cœur. A cette vue, à la voix suppliante de mes enfants, j'ai fermé l'oreille aux conseils perfides de l'orgueil, de l'amour-propre qui me défendaient toute tentative de rapprochement ; je suis venu offrir à mon frère de redevenir ce que nous étions auparavant, ce que nous aurions dû être toujours. »

Hippolyte se tenait à l'écart timide et embarrassé.

— Ah ! s'écria-t-il en se jetant dans les bras

de son père, je suis vraiment trop heureux, il me semble que ce jour sera le plus beau de ma vie.

— Conserves-en à jamais le souvenir, répondit monsieur Dormeuil ; viens souvent dans ce pavillon pour te rappeler que le succès couronne toujours le courage et la persévérance; et vous, mes enfants, venez ici souvent aussi pour ne point oublier que, sans l'union fraternelle, il n'est point ici-bas de bonheur possible.

FIN.

www.ingramcontent.com/pod-product-compliance
Ingram Content Group UK Ltd.
Pitfield, Milton Keynes, MK11 3LW, UK
UKHW020116240726
13926UKWH00011B/1500